追逐繁星的孩子

原作 新海誠
作者 あきさかあさひ

輕文學
Light Literature

目　次

第一話

位於溝之淵這個小鎮的學校，有著「溝之淵小學」這般簡單明瞭的校名。

溝之淵原本就是個座落於超偏僻山區的小小城鎮，因為根本沒有創立第二間或第三間小學的必要，所以這樣的校名，或許可說是十分恰到好處。

據說是在昭和初期完工的木造校舍，醞釀出一股過於老舊的氛圍。彷彿大白天就會有幽靈出沒的校舍，實在讓明日菜沒辦法喜歡它。

——因為很可怕嘛。

就連自己倒映在窗戶上的臉孔，都會讓明日菜一瞬間誤認成幽靈。

她明明有著惹人憐愛的一雙水靈大眼、直挺的鼻梁、櫻桃小口、以及和五官相襯的一頭俏麗短髮。

此刻，六年級學生的教室裡，正在熱烈上演「公開處刑」的戲碼。明日菜開始思考這些事情的部分原因，或許就是為了分散自身的注意力吧。

「公開處刑」，別名「發考卷時間」。

這並不是什麼罕見的光景，只是老師站在講台上，邊宣布各個同學的期末考成績，邊將考卷還給眾人的過程而已。

然而——

明日菜不太喜歡這種發考卷方式。

或許有人會感到意外吧。

不過，一如成績差的人有他們排斥的理由，成績好的人也有他們反感的理由。就算這次考試對明日菜來說，是只要專心聽講，就能夠輕鬆考取滿分的難易度，也還是有學生會考出二、三十分的成績。對這些學生而言，每次考試都能拿下「最高分」的明日菜，足以成為眾矢之的。

「渡瀨明日菜同學。」

班導池田老師點到她的名字，明日菜踩著吱軋作響的木頭地板走向講台。班導又繼續表示：

「妳這次也是全班第一名呢。妳很努力喔。」

「……謝謝老師。」

又說了這種多餘的話。

儘管內心這麼想，明日菜還是應付性地輕聲答謝。該說結果不出所料嗎？在拿著考卷返回座位的途中，同學的低聲交談傳入她的耳裡。

「又是明日菜第一名啊。」

「不愧是班長，徹底是個書呆子呢。」

「真的真的。」

——我才不是書呆子呢。

明日菜這麼想。

不過她只是在心中暗想，無法直接說出口也是她的個性。

下次考試的時候，乾脆故意考得爛一點算了——

（可是，我也不可能真的這麼做啊～）

明日菜在內心嘆了一口氣，回到自己的座位坐下。

之後，發考卷的過程又持續了片刻。

「那麼，老師最後有幾件事要叮嚀大家。」

發完考卷後，班導將雙手撐在講桌上這麼說道。

「最近，有幾名同學表示曾在小淵那一帶目睹野熊出沒。保險起見，請各位同學放學後直接返家，不要繞去其他地方。」

原本盯著考卷發呆的明日菜，因為這句話而抬起頭來。

（……野熊？）

明日菜很中意的某座岩石高台，就位於小淵的半山腰。

在那裡邊聽礦石廣播邊鳥瞰整個城鎮的景色，是明日菜「每天放學後的時光」。

做為一個小六學生放學後的活動，這或許太寂寞了一點。

不對。其實，明日菜也像一般人那樣渴望朋友。

她相當憧憬放學後和朋友一起玩耍的時光。

然而，她不知道該怎麼跟朋友相處。

所以對明日菜而言，「無須顧慮別人」的小淵高台，是個能讓她感到極度放鬆又舒服的地方。

在班導又交代幾件事後，「放學時間的最後一堂課」終於結束了。

趕快回家吧。

明日菜這麼想著，走到校舍門口的鞋箱設置處時，後方傳來呼喚她的聲音。

「明日菜～」

她轉身，發現同班同學矢岐優站在那裡。

優看著明日菜的臉，笑著問道：

「要不要一起回去？」

明日菜好開心。

雖然開心——她卻無法好好回應優釋出的善意。

「啊……呃……」

她不知道這時該說些什麼。

就算跟優一起回家，在路上又該跟她聊什麼才好？要是因為相處起來太尷尬，反而讓優逐漸疏遠自己的話，還不如維持現在這種距離。

一瞬間湧現這種想法之後，明日菜回應：

「呃……對不起，我有點趕時間，下次再一起回去吧。」

「這樣啊，那再見囉。」

看到優露出有些遺憾的表情揮手，明日菜邊揮手回應邊心想：「唉，我又搞砸了。」

她很明白就是因為自己這種態度，才會老是交不到朋友。然而，如果光是明白這樣的道理就能夠解決問題，她也無須如此苦惱。
明日菜帶著悔恨交加的心情換穿鞋子，踏出校舍玄關。
一片鄉間小鎮的風景在眼前拓展開來。
這裡完全看不到三層樓以上的建築物，只有並排的寬廣田野，以及各處相通、未經路面施工的泥土路。座落在遠處的，淨是被林木掩埋的山峰，在山頭林立的電塔相當顯眼。
踏上住宅區的碎石子路，穿越平交道，走過熟悉的米店前方，再沿著兩旁有石牆的斜坡往上，就能抵達自宅。
明日菜的家，是溝之淵基本的兩層樓和式建築。會反射陽光的瓦片屋頂，因為老舊而染上黑色汙漬的白色牆壁。入口處沒有另外設置大門，可以從寬廣的前庭直通建築物的木頭房門，或許就是鄉間悠閒自在生活的體現吧。
發現玄關旁邊的車庫裡停著一輛白色汽車時，明日菜感到些許欣喜。
——媽媽今天在家！
對她來說，這是相當值得開心的事情。
「我回來了！」
明日菜打開玄關大門，朝裡頭大聲呼喊。

「歡迎回來，明日菜。」

母親出聲回應她。

明日菜輕快地脫下鞋子，走向客廳。這時，穿著睡衣的母親也剛好從臥房走出來。明日菜連忙從書包裡拿出考卷。

「媽，我今天啊……」

「嗯……對不起，明日菜，可以晚點再說嗎？出門上晚班前，我想多少睡一下。」

母親的嗓音中帶著滿滿的疲倦。

平常總是顯得精神抖擻的母親，在診所裡擔任護理師。她昨晚也是上大夜班。因為睡眠不足，母親臉上滿是藏不住的倦意。看著這樣的她，明日菜實在沒辦法鉅細靡遺地對她訴說考試結果帶來的心境變化。

「這樣啊……那妳好好休息吧。」

「對不起喔，明日菜。」

「不會，沒關係。」

明日菜反而覺得自己應該感謝母親才對。原本在補眠的她，因為聽到明日菜放學回來，還特地起床迎接。

明日菜轉身，再次朝玄關走去。

「媽，那我出門一下喔。妳上班加油。」

「謝謝妳。路上小心喲。」

明日菜拔腿衝出去。

她跑下石牆坡道，在半路和認識的婆婆打過招呼，然後，在判斷沒人會發現的情況下，一如往常地穿越平交道，沿著鐵軌踏出步伐。

目的地是小淵山。

明日菜最喜歡的那座高台。

＊

想前往明日菜最愛的高台，只能經由橫跨山谷的鐵軌橋一途。

僅容單列火車通行的這座橋算不上寬廣，從下方的河面算起，高度差不多有數十公尺，但明日菜從來不覺得可怕。雖然火車好幾個小時才會出現一班，但她不會忘記先將耳朵貼在鐵軌上，聆聽遠方是否有列車駛來的跡象。再說，這座橋是用堅固的鋼鐵材質打造而成的。

正當明日菜打算一如往常地跑步通過這座鐵軌橋的時候，她察覺到異常而停下腳步。

從結果來看，其實她可以說是發現得太遲了。

周遭聽不到任何蟲鳴鳥叫。

現在是夏天。

一般來說，正是各種野鳥或夏蟬的叫聲嘈雜到惱人的時節。

明日菜這麼想著，然後，終於察覺到「牠」的存在。

原本不知道躲在哪個陰影處的「牠」，現在只和自己維持十公尺左右的距離。

儘管如此，明日菜的雙腿仍僵硬得無法動彈。

（那是什麼？）

鐵軌橋上出現一隻她從未見過的褐色生物。

牠有著很大、很大、非常大的體型。

——我得逃走才行。

本能湧現的恐懼要明日菜快逃，她的身體卻不聽使喚。

在這種情況下，她腦海的一角仍殘留著些許冷靜，讓明日菜做出「這個東西長得很像熊」的判斷。然而，這隻生物比她在電視上看過的任何一種熊都要巨大，背上還有一些不明突起物。以雙腳站立起來後，甚至能看到牠的腹部描繪著藍色和綠色的幾何圖形。

明日菜心想，是怪物。

在思考的同時，那隻怪物瞬間逼近她眼前，和她靠近到彼此的臉幾乎要貼在一起的程度。明日菜的髮絲被怪物呼出的鼻息揚起，後者高高舉起右手，朝她揮下去。

就連明日菜本人，也不知道自己當下湧現了什麼樣的想法。

是「完蛋了」？還是「我會死」？又或是「我要被殺掉了」？

雖然這三者也沒有太大的差別。

她感受到一陣風。

回過神來的時候，明日菜發現自己被一名少年抱起。此刻，他們和怪物拉開了約莫十公尺左右的距離，站在牠攻擊範圍以外的位置。看來，自己似乎是得救了。

少年緩緩放下明日菜，讓她自己站著，然後像是要保護她似地站在前方，並微微轉過頭，朝明日菜露出一個溫柔至極的笑容。

「沒事的。」

像是在安撫孩童般的說話語氣。

他是個蓄著長髮、五官標緻到會被誤認成女生的男孩子。看起來或許跟明日菜同年，或是再大個幾歲。

明日菜感覺心跳開始加速。

——唔哇，好帥喔。

明明身處這種險境，卻還湧現這般想法的自己，實在讓人莫名想要發笑。

轉為和怪物對峙後，少年端正的臉上隨即浮現認真的神情。穿著白色襯衫的他，從胸前取出某個東西。

在陽光照射下透出碧藍光輝的，是鍊墜看似水晶的一條項鍊。

少年搖晃著手中項鍊，靜靜朝怪物走近。怪物則是邊發出近似於野獸低吼的聲音，邊死盯著那個水晶——接著，一個類似肉塊的東西，從牠的喉頭「啪噠」一聲落在地上。

明日菜無法將自己的視線從那個駭人的血腥肉塊上移開。

「壽命走到盡頭了。」

和怪物對峙的少年，是對明日菜說出這句話嗎？又或者不是呢？

「留在地表世界的存在，最後的下場就是……這樣嗎？」

少年在說什麼呢？

下個瞬間，少年高高躍起，避開怪物朝他揮過來的右手。一頭長髮在風中揚起的他，在落地的同時伸腿一踢，俐落地撕裂怪物的腳。鮮紅的血沫四濺，怪物發出痛苦的嚎叫聲。

這時候，明日菜還不知道少年當下露出的悲傷眼神蘊含的意義。

然而——該說是「然而」，又或是「正因如此」呢？

明日菜放聲大喊。

「不行！不要殺牠！」

這並非是出自於愛護動物之類的高尚情操，只是因為少年本人似乎不想殺害那頭怪物——明日菜這麼想。

怪物沒有放過少年被明日菜的發言分散注意力的瞬間。

牠再次朝少年揮出右手，輕易將他的身體掃出去，少年因此撞上鐵橋的欄杆，發出痛苦的咳嗽聲。儘管他想要馬上起身卻站不起來，只能任憑怪物的爪子殘忍地撕裂——

明日菜這麼想著。

但下個瞬間——

「！」

少年的項鍊散發出強烈光芒，怪物也因為害怕而停下動作。

少年像是企圖封住這道光芒般，努力嘗試以左手——他的右手因為剛才的攻擊而負傷，現在無力地垂著——抑制項鍊的反應，但強光仍從掌心溢出。

「不行！」

在少年放聲大喊的同時。

怪物的下顎像是被光芒切開般無聲無息地消失。

失去頭部的巨大軀體，緩緩倒臥在鐵軌上。

明日菜完全不明白發生了什麼事。

只是愣愣地站在原地。

「……」

少年緊咬著下唇起身，朝怪物的屍體輕輕低頭致意。

這時，火車的汽笛聲傳來。

從遠處駛來的火車察覺到鐵軌上有異物存在，連忙緊急煞車。少年看也不看慢慢停下的火車，只是走到明日菜身旁。

「這是最後一次了。」

語畢，他再次抱起明日菜。這短短幾分鐘內發生的事，讓明日菜腦中一片混亂；再次被少年擁入懷中，也讓她十分害羞。

「那、那個，等等……」

這幾個字，是明日菜現在唯一能擠出來的話語。見到明日菜這般反應，少年再次露出溫柔的笑容。

「相信我吧。」

下一刻，少年縱身跳下鐵橋。

橋面跟下方的森林，可是有著數十公尺的距離。

（咦咦咦咦咦咦！）

下墜的感覺實在太可怕，讓人幾乎昏厥——

明日菜的意識至此中斷。

第二話

（嗯……）

周遭十分昏暗。

花了幾秒鐘，明日菜才發現自己是躺著。

夜空映入眼簾，高掛的繁星閃爍。

（咦？我——）

她開始搜尋記憶深處。

前往自己最愛的高台途中，她在鐵橋上遇到一頭怪物，接著又被一名少年拯救。

明日菜的腦中有著這麼一段荒謬不已的記憶。

（我……是在作夢嗎？）

正當她這麼想的時候。

「妳醒了啊。」

聽到這個搭話聲，明日菜連忙起身。

這時，她才發現自己倒臥的地方，是位於小淵山上自己最中意的那座高台。出現在方才那段記憶中的長髮少年，現在坐在岩石上，轉頭朝明日菜露出溫柔的笑容。

（那……不是一場夢？）

「已經沒有危險了，妳放心回家吧。」

或許是在等明日菜清醒過來，少年起身，踏出腳步這麼表示。

他的嗓音相當溫柔，光是聽著，彷彿就能讓人內心平靜。

「那、那個……」

看著少年從自己身旁走過，明日菜滿腦子都是「得跟他說些什麼」的想法。

「你救了我對不對？謝謝你！」

聽到明日菜這麼說，少年停下腳步，再次轉頭望向她。

「妳還是不要靠近這座山比較好。」

留下這句話後，少年便朝森林裡頭走去。

……什麼意思？

在明日菜反芻這句話的意思時，少年的身影慢慢在森林中消失——一隻貓輕快地跟隨他的背影走去。

「咪咪！」

那是從明日菜年幼時跟她一起長大的貓咪。平時，只要聽到明日菜呼喚自己的名字，咪咪一定會馬上飛奔到明日菜身邊，唯獨今天，牠忽略明日菜的聲音，跟少年一起消失在森林裡。

「……」

儘管想再向少年與咪咪搭話——但明日菜說不出半句話，只能默默目送他們離去的背影。

*

隔天。

從那座鐵軌橋稍微往下游處走去的岩場裡，出現了幾名穿著西裝的男子。男人們在一塊塊的岩石間來回穿梭了好一陣子，看似在尋找什麼。最後——

「中校，找到了！」

一名男子指著某處喊道。
出現在那裡的——
是那頭神似野熊的怪物屍體。
被喚作「中校」、臉上戴著太陽眼鏡的男子，朝怪物的屍體走近。
「這是……」
看到屍體的「中校」不禁發出驚嘆聲。這也是正常反應——因為，怪物的屍體各處都冒出了植物的嫩芽，而且是不屬於這個季節的植物。
「是樹木的新芽……而且……」
男子蹲下身。
這頭怪物的屍體，有一部分呈現透明水晶的模樣。
「結晶化現象……恐怕有人來到地表世界了。」
「中校」喃喃自語後，轉過身指示：
「把他找出來！」
在他的一聲令下，西裝男子們分頭行動。

*

長髮少年在小淵的高台上仰望星空。

咪咪在他身旁蜷縮成一團熟睡。

「老師……」

在少年自言自語時，咪咪突然抬起頭來。

接著，少年像是察覺到什麼，露出看似有幾分困擾，卻又很開心的笑容。

「果然還是來了嗎……我明明都給她忠告了。」

咪咪像是聽得懂這句話似地「喵～」了一聲。

少年伸出手摸了摸牠的頭。

「是啊，其實我也是這麼期望的。」

在少年注視之處現身的人——

是明日菜。

少年帶著微笑開口：

「我都跟妳說不要來這裡比較好了。」

「可是……」

說到一半，明日菜又將想說的話硬生生吞回肚子裡。

唉，真是的，為什麼自己這麼不擅長跟人交談呢？

都快討厭起這樣的自己了……

這麼想的同時，明日菜發現少年身旁的咪咪。

「咪咪！」

出聲呼喚後，咪咪趕來明日菜的腳邊，用小腦袋磨蹭她的腳。

「什麼嘛，你以前明明只願意親近我一個人耶。」

摸了摸咪咪的頭之後，或許是心情稍微放鬆了，想對少年說的話語慢慢在明日菜腦海中浮現。

「……這裡原本就是我的地盤，我可不想被人禁止過來這裡呢。」

明日菜沒有要責備少年的意思，然而她沒有發現，就結論而言，這就像是在責怪少年昨天的發言。

不過，少年完全沒有表現出被這句話影響心情的反應。

他只是露出溫柔的笑容回答：

「……跟我一樣。」

「咦？」

——一樣？我跟他一樣？

看到明日菜愣在原地的模樣，少年又表示：

「我是因為自己想來，才會來這個地方。」

語畢，他緩緩起身。

她果然還是不明白少年在說什麼。

明日菜開始思考，試著整理自己那句發言的大意，再對照少年的發言。

她剛才那句話的意思是：「雖然你阻止我，但我還是基於『我想來』的理由而來到這裡。」難道，這名少年也被其他人阻止，但還是因為想來，所以就來到這個地方嗎？

（是誰，為了什麼樣的理由而阻止他？）

儘管明日菜一臉困惑，少年卻以開心的嗓音對她說：

「我叫做瞬，請多指教。」

然後，他再次溫柔一笑。

明日菜心想，這個人真的很常微笑耶——而且，他非常適合這樣的表情。

老實說，他其實有點帥氣呢。

想到這裡，明日菜才察覺到少年是在對她做自我介紹。

自我介紹的話就沒問題，因為她只要同樣向對方介紹自己就好。

「我是明日菜。」

然而，她回應的語氣卻格外冷淡。

再說，「我是明日菜」這種自我介紹是怎麼回事？為什麼不把姓氏一併說出來呢——雖然她這麼想，不過，仔細思考一下，這名叫做瞬的少年同樣沒報上姓氏，所以應該沒關係吧？

明日菜邊胡思亂想，邊試圖為自己打圓場。

她再次望向瞬。這種情況下，就只能那麼做了吧——因為，長相帥氣的人，多半已經習慣聽人稱讚自己很帥，所以，誇獎他的穿著或品味會比較恰當。

明日菜挖出從少女漫畫得來的這類知識——然後發現一件事。

從瞬的右手臂上方滲出的鮮血，染紅了他的襯衫袖子。

「你在流血耶！」

會忍不住脫口而出，或許是受到身為護理師的母親影響。打從年幼就對這類事情很敏感，也能幫忙緊急處理傷口的明日菜，絕無法放任這樣的狀態持續下去。

「難道是昨天受的傷？」

聽到明日菜這麼問，瞬臉上卻仍是一如方才的笑容。

「噢，不要緊的。」

「什麼不要緊呀，你完全沒有處理傷口吧？可以的話，我很想替你消毒傷口，但這裡又沒有消毒藥……啊，真是的，總之，你在那邊坐好！」

「……呃，嗯。」

被明日菜的氣勢壓倒的瞬，乖乖坐回大岩石上。明日菜思考了片刻——找不到更適用的物品的她，最後取下自己的領巾綁在瞬的手臂上。只要綁得緊一點，應該多少能達到止血的效果。

「你之後還是去看個醫生比較好喔。」

「……」

瞬盯著手臂上的領巾看了半晌。

「這裡是妳的地盤啊？」

突然這麼問道。

在一瞬間的思考後，明日菜隨即明白他是在延續之前的話題。聲稱這座小淵高台是「我的地盤」的人，不是別人，正是自己。

明日菜點點頭。

「沒錯，這裡是收音機收訊最好的地方。」

她帶著些許自豪這麼回答，結果瞬露出一臉茫然的表情。

「收音機？」

他不可能連收音機都不知道吧？

再怎麼說，百聞都不如一見——雖然把這句話套用在現在的情況，好像有點奇怪，不過，明日菜也有點想炫耀自己的寶物。

「要聽聽看嗎？」

她詢問瞬，後者點了點頭。

於是，明日菜馬上將手伸進岩石縫隙中，挖出自己藏在裡頭的餅乾罐。

但這可不是普通的餅乾罐，裡頭設置了天線、調諧電路、檢波電路和接收器。

沒錯，這個罐子正是明日菜從年幼時期珍惜至今的寶物——礦石收音機。

「這塊礦石是用來取代二極體的東西。」

說著，明日菜從胸前的口袋掏出一塊藍色礦石，將它嵌入罐子裡。

礦石收音機和父親遺留下來的這塊礦石——明日菜從父親那裡得到的東西，要說有形物的話，就只有這兩樣而已。

「它的收訊狀態會因為時間或天候而有所不同。」

「！」

明日菜沒有發現瞬的表情剎那間出現變化。

他指著罐子裡的礦石開口：

「噯，那塊礦石——」

「有訊號了！」

發現收音機順利捕捉到無線電訊號，明日菜發出歡呼聲，讓瞬將說到一半的話語吞了回去。

明日菜將另一邊耳機遞給瞬，兩人一起聆聽收音機傳來的內容。

「是音樂節目呢。」

明日菜這麼說，瞬沒有出聲回應。

「……」

他邊聽著耳機傳來的音樂，邊在腦中思考。

（是歌薇絲……）

絕對錯不了。

（……我真是太走運了。）

這時，自己這輩子所經歷過的人生，在瞬的腦中宛如走馬燈一般閃過。

憧憬地表世界，因為自己任性的想法而追著老師來到這裡。

——儘管他明白，來到地表，等於是提早呼喚死亡。

對瞬的想法一無所知的明日菜，從包包裡取出三明治，遞給在她身旁仰望天空的瞬。

「要吃嗎？」

這是明日菜精心製作的三明治。雖然只是夾了培根、生菜和番茄的簡便輕食，但她對味道有自信。

「……謝謝妳，我正好餓了。」

明日菜也咬了一口手中的三明治。

「之前啊……」

面對溫柔凝視著自己的瞬，明日菜道出從未對他人提起的珍貴祕密。

為什麼會想這麼做呢？

儘管不明白原因，但明日菜總覺得如果是瞬，告訴他也無妨。

「我曾經在廣播中聽到一首很不可思議的歌曲。雖然只聽過一次，但那是我以前從來沒聽過、非常奇妙的一首歌。好像把某個人的內心直接轉化成樂曲的感覺——」

瞬的直覺告訴他，那正是自己的「歌」。

「聽到那首歌的時候，感覺幸福和悲傷的情緒一起湧現，讓我覺得自己不是孤獨一人。」

沒想到，聽到「歌」的人，竟然會是「老師」的女兒——

命運是何等愛捉弄人呢。

「那首歌一直殘留在我心中……我很希望能再聽到一次。」

「……」

面對一直沉默不語的瞬，明日菜突然感到有些不安。自己會不會又說了什麼多餘的話呢？他們明明是初次見面，她為什麼要像連珠砲似地說了一堆有的沒的？或許因為對方是個帥氣的男孩子，讓她變得過於亢奮吧。雖然想試著化解現場帶有幾分尷尬的氣氛，明日菜卻不知道該說些什麼。

她戰戰兢兢地開口輕喚：

「……瞬？」

瞬同樣說不出半句話來。

（啊啊……）

看著咪咪揮掌捕捉夏季飛蟲的身影，瞬的胸口閃過這樣的想法。

（我已經……沒有任何遺憾了。）

太陽慢慢地、慢慢地往地平線下沉。

瞬眺望著西方天空中殘留的一抹橙色，露出微笑。

「——妳什麼都不問呢，明日菜。」

聽到這句突如其來的發言，明日菜反射性地回以疑問。

「咦？」

瞬微笑著繼續說道：

「妳應該有很多問題想問我才對。」

很多問題。

沒錯，仔細想想，她想問瞬的問題簡直多到數不清。雖然希望他能說明昨天那件事的來龍去脈，不過，為了確認他這句話的意思，明日菜還是開口問：

「……例如那頭長得像熊的生物？」

「沒錯。」

「嗯……可是，現在不用了。因為我有一堆疑問，感覺要花很多時間說明。」

這是明日菜的真心話。不過，在這一刻，她也無法否定心中有著「這麼說的話，明天就有再跟他見面的藉口」這樣的想法。

「我明天會再來這裡。」

如果有想問的問題，到時候再問就好了。

儘管明日菜這麼想，但瞬沒有出聲回應，只是緩緩將背貼上地面。

接著，他像是自言自語般開口：

「我是從名為雅戈泰的一個遙遠地方而來。」

那是個明日菜未曾聽過的地名。

雅戈泰？

「……是外國的地名嗎？」

開口後，她才察覺到自己問了一個很愚蠢的問題。不管怎麼想，那聽起來都不像是日本的地名。

然而，瞬沒有回答明日菜的問題，只是繼續往下說。

「我有無論如何都想看看的東西，以及無論如何都想見的人。」

語畢，他從胸前取出一條項鍊。

看起來宛如藍水晶的寶石——歌薇絲。

他透過夕陽餘暉凝視著項鍊，接著說道：

「——不過，我現在已經沒有任何遺憾。」

瞬的這句話，明日菜究竟能理解到何種程度呢？

她只能率直地這麼表示：

「……你的願望實現了啊。」

瞬沒有回應她這句話。

取而代之的是從原地起身。

「妳還是在天色變暗之前回去比較好。」

他這麼說。

儘管擔心自己是不是失言，但仍想繼續和瞬待在一起的明日菜，實在無法按捺這般心情。

「嗯，等聽不到暮蟬的叫聲後，我就回去。」

她這麼脫口而出。

有一件事，是自己現在非做不可的——瞬這麼想著。

「——明日菜。」

在最後——在這個終點。

「給妳祝福。」

「咦？」

明日菜仍不明白瞬對自己說這句話的意思。她心想，為何瞬說話總是如此唐突。

「閉上眼睛。」

「……」

不過，明日菜還是乖乖閉上雙眼。

瞬在她的額頭上……

輕輕落下一吻。

明日菜吃驚地睜開雙眼。

「咦……你……你剛才……那個……」

瞬懷抱著平靜的心情，凝視著在他面前變得滿臉通紅的明日菜。

另一方面，因為瞬剛才對自己做的事情讓她難以置信，開始懷疑這一切都是一場夢的明日菜，覺得有必要把這件事確認清楚。

「你剛才吻……吻……吻……吻了……」

她無法好好說完這句話，不可能確實說出「你剛才吻了我嗎」這樣的問題。

「明日菜。」

瞬再次開口。

在這個終點，他想至少對她說出這句話。

「我希望妳能活下去。」

「那……那個，呃……」

明日菜無法理解瞬對她說的這句話有多麼重要——應該說，她還沒從剛才那一吻的震撼中回過神來。

她是個正值青春年華的十一歲少女，就算只是親吻額頭，但被自己覺得很帥氣的男生這麼做，仍是個驚天動地的體驗。

害羞到極點的她，無法繼續在這裡待下去了。

「對……對不起，那明天見囉。」

明日菜沒有仔細思考瞬那句話的重大含意，只是對他拋出這句話，再把礦石收音機塞進包包裡——

然後，她想起自己必須和他做好約定。

「我們……明天見。」

語畢，她跑著離開高台。

他吻了我、他吻了我、他吻了我、他吻了我——唯有這件事，在明日菜的腦海中不停打轉。

＊

被獨自留在原地的瞬，目送明日菜的背影離開後，望向自己的後方。

寬廣無垠的景色。地表世界的景色，無邊無際地呈現在眼前。

眺望著這片景色的同時，時間不斷流逝——

然後，進入了繁星閃爍的時刻。

一直、一直好想親眼看看。

一直、一直讓他憧憬不已。

有著點點繁星的、地表世界的天空。

瞬朝身旁的咪咪搭話。

「你得到一個不錯的名字呢。」

他閉上雙眼，又睜開雙眼。

「請你代替我，將明日菜引導到最理想的那個地方。」

這是瞬對其他人留下的最後一句話。

他朝前方踏出一步。

接下來的，不過是他的自言自語。

「──直到現在，我才感到恐懼不已。」

滿天星斗。

很美、很美的夜空。

「不過，我也感受到了同等程度的幸福。」

朝向那片海洋。

「感覺伸手可及呢。」

瞬伸出手，試著抓住天上的星星。

他的視野一陣搖晃。

然後——

第三話

隔天早晨。

明日菜的一天，基本上都是從準備早餐和便當開始。

日式蛋捲、德國香腸、菠菜、還有昨晚吃剩的魚——正當明日菜今早也一如往常地準備便當時，外頭傳來汽車引擎的聲音。

是上完大夜班的母親回來了。

「媽，歡迎回來！」

因為太開心，在母親開口說「我回來了」之前，明日菜就急著出聲迎接她。

母親踏進明日菜所在的廚房。

「我回來了，明日菜——哎呀，妳做了兩個便當？」

明日菜瞬間心驚了一下。

另一個便當是為某個男孩所準備的這種事，她可說不出口。

「嗯，是朋友的份。」

她盡可能以若無其事的態度回應，然後蓋上便當的蓋子。比平常多花了一些心思準備的這個便當，必須對母親保密才行。

「媽，妳要吃早餐吧？我有替妳準備喔。」

「謝謝妳，明日菜。」

「我也一起吃好了……」

對明日菜來說，能和母親一起用餐，令她非常開心。沒有比一個人吃飯更寂寞的事，如果兩個人一起吃，飯菜一定會變得加倍美味——明日菜會有這種想法，也可能是因為她在單親家庭中長大的緣故。

不過，母親卻以有些沒好氣的嗓音回應：

「妳不是吃過了嗎？」

明日菜確實已經吃完早餐了，但她沒有馬上放棄。

「我還能再吃一碗飯，因為我剛才沒有吃得很飽嘛。」

她想享受和母親一起坐在餐桌前的時光。

明明只是這樣而已。

母親卻朝時鐘看了一眼後，望向明日菜表示：

「不行，妳趕快去上學吧，免得遲到了。」

語畢，母親邊脫下身上的大衣邊朝客廳走去。

「……」

雖然上學不能遲到是理所當然的事，但我會設法讓自己趕上。所以，至少讓我陪妳一起吃頓飯嘛——明日菜這麼想，不滿地鼓起腮幫子。儘管不可能看得到她這樣的反應，人在客廳的母親卻仍出聲喚住明日菜。

「明日菜。」

「嗯？」

什麼事？

不管怎樣，母親主動跟自己說話，還是讓她很開心。明日菜懷抱著小小的期盼，等待母親的下一句話，結果傳入耳裡的是令她倍感意外的提議。

「今天晚上出去外面吃吧，我休假一天。」

「真的嗎！」

不知道有多久沒跟母親一起外出吃飯了呢？明日菜試著回想，但兩人上次一起外出用餐，實在是太遙遠以前的事，遙遠到她想不起來。

「那我會在六點之前回家！」

「嗯？六點？怎麼那麼晚？妳要去哪裡嗎？」

母親的質疑再中肯不過，然而，如果告訴她自己要去和某個男孩子見面，說不定會讓母親擔心，或是遭她調侃。無論何者，都是明日菜想避免的事態。

「去找朋友玩！」

明日菜輕快地拎起書包，奔向玄關。

「那我走囉！」

「——明日菜，妳的領巾呢？」

來到門口目送她離開的母親，馬上察覺到一件事。

「呃，嗯……」

明日菜無法據實以告。

「被我弄丟了！我會去福利社再買一條！」

回答後，她迅速套上鞋子。

「路上小心。」

聽著從身後傳來的母親嗓音，明日菜精神百倍地衝出玄關。

＊

這一天，天空滿是濃密的烏雲，下午也下了一場好大的雨。

儘管如此，為了見瞬，明日菜仍前往那座高台。

瞬不在那裡。

感到一絲落寞的她，鑽到能夠躲雨的大樹下等待瞬現身。

因為瞬或許會來。

（我都跟他說過「明天見」了嘛。）

明日菜這麼想著，繼續靜待瞬出現。

（是……因為下雨嗎？）

如果被他討厭了，該怎麼辦？要是自己昨天說了奇怪的話，害得瞬心情低落，自己卻還渾然不覺，該怎麼辦？要是瞬根本不想見她，該怎麼辦——

為了揮別這些負面的想法，明日菜用力甩甩頭。

明日菜一直在高台等到快要趕不上和母親約定的時間，最終還是不見瞬的蹤影。

＊

這股失落的心情，和濕透而沉重地黏在身上的衣物有幾分相似。

明日菜沮喪地回到家，打開玄關大門，朝裡頭大聲呼喊。

「媽，我回來了。能拿一條毛巾給我嗎？」

捧著大浴巾現身的母親，不知為何，臉上的表情看起來有些緊繃。

發生什麼事了嗎？

母親沒有察覺明日菜心中的疑惑，只是開口問道：

「妳沒帶傘嗎？」

「嗯。」

點頭後，母親以大浴巾擦拭她的頭髮。

「等等，我可以自己擦啦。」

都已經小學六年級了，竟然還讓母親替自己擦頭髮。

儘管明日菜這麼想而出聲抗議，母親仍繼續替她把頭髮擦乾。

然後，她突然一把將明日菜摟進懷裡。

「咦？等等，媽，妳怎麼了？」

「……明日菜，妳冷靜聽媽媽說。」

「……嗯。」

母親的嗓音中透露出一種大事不妙的感覺，讓明日菜不禁屏息。

母親的說話語氣十分沉重，讓明日菜湧現不好的預感。

接著，母親像對幼童說話般，將淺顯易懂的字眼緩緩地、一字一句地說出來。

「在妳最愛去的那座高台下方的河畔，出現一具男孩子的遺體，他的手臂上纏著妳的領巾。明日菜……那孩子已經走了。」

「——」

明日菜無法理解這句話的意思，在瞬間的停頓後——

她認為自己必須否定這樣的事實。

這種事不可能發生。這不是現實，不能接受它。

瞬怎麼可能會死？

「一定是認錯人了。因為，他怎麼可能會從高台摔下去呢？」

「……明日菜……」

「不要緊，一定不是他，妳不用擔心。」

明日菜連珠砲似地開口，以免被內心的不安壓垮。

「因、因為今天下雨，我們下次再去外面吃飯吧？我去寫作業囉。」

語畢，明日菜衝向自己的房間。

「明日菜……」

「不要緊啦。」

明日菜頭也不回地這麼答道，踏上樓梯——

她望向窗外的景色。

大雨不斷的世界。

位於小淵山上、明日菜最中意的那個地方，由於天色昏暗而看不清楚。

「……」

她無法相信瞬竟然死了。

第四話

隔天，六年級生的教室顯得有些熱鬧。

因為在池田老師請產假的時候，會有一名叫做森崎龍司的老師來代課。

他是一位戴著眼鏡、有著幹練長相的老師。

看到來代課的不是女老師，男生們七嘴八舌地道出遺憾和抱怨，女生們的評價則一致是：「感覺有點帥氣呢。」

不過，明日菜根本無心關注這些。瞬可能已經死去的事實，一直盤踞在她的腦海中。從昨天開始，明日菜就滿腦子都是這件事。

現在是國語課的時間，森崎正在台上解釋《古事記》的一部分章節。

「悲痛不已的伊邪那岐，為了讓死去的妻子伊邪那美復活，決定前往位於地底的黃泉之國。」

讓死去的妻子復活。

明日菜敏感地察覺到這句話。

真的有辦法讓死去的人再次復活嗎？

森崎繼續講解。

「伊邪那岐在地底深處和伊邪那美重逢時，後者這麼對他說：

『我已經成為死者之國的一分子。要得到黃泉神的允許，我才能回到你身邊。不過，有一個條件。在我和黃泉神說話的時候，請你絕對不要看我。』

然而，伊邪那岐沒有遵守這個約定，黃泉之門也因此敞開，妻子終究沒能回到伊邪那岐身旁。這是《古事記》中描寫的神話一部分。」

至此，森崎闔上課本，又繼續往下說。

「為了讓戀人復活而前往地底世界的傳說或神話，存在於世界各地，例如黃泉之國、冥府、香巴拉（極樂世界）、雅戈泰。」

「——唔！」

明日菜猛地從課本上抬起視線。

雅戈泰。

瞬曾經說過，他來自那個地方。

森崎也察覺到明日菜臉色大變的反應。

不過，他仍若無其事地繼續講課。

「儘管名稱各有不同，但這些全都象徵著地底世界。在過去，人們認為人類死亡的祕密，就埋藏在深深的地底。」

＊

放學後，明日菜來到學校圖書館。

或許有辦法讓瞬起死回生——

儘管不是真的相信這種荒謬的事，但森崎的講課內容實在讓人很在意。她想來圖書館查一查雅戈泰的資料。

不過，就算溝之淵小學的歷史悠久，這裡畢竟只是一間小學的圖書館，裡頭幾乎找不到描述地底世界傳說的書籍，頂多只有幾本書像森崎所說的那樣，大略提及世界各地都有著這樣的傳說一事，沒有發現其他的新情報。

明日菜有些失望地離開圖書館。怎麼辦呢？乾脆直接去請教森崎老師好了——正當她這麼想的時候……

「明日菜～妳要回去了嗎？」

優再次主動跟她搭話。

「小優。」

明日菜努力壓抑因為太開心而變得亢奮的嗓音。要是因為這點事就欣喜若狂，而讓優覺得她是個怪人，那就傷腦筋了。

「要不要一起回家？」

優的邀約簡直讓她開心得快死掉。

雖然很開心，但她同時有些困惑。優為什麼願意跟她這種人一起回家？是因為優對她的缺點一無所知嗎？一起聊天過後，優會不會因為更了解她，反而開始討厭她呢？

「啊……呃……我……」

得拒絕她才行。

不知為何，這樣的衝動湧上明日菜的心頭。

「我、我還有點事要問森崎老師。」

這不是謊言。

剛才雖然還在猶豫，但既然都已說出口，只要付諸實行就好。

不過，優回以微笑。

「那我等妳。應該不會花太多時間吧？」

「咦……啊……」

的確，一般來說，找老師問問題，應該都不會花上太多時間。要是現在沒能說出更好的拒絕理由，恐怕真的會讓對方討厭自己吧。

「那……那……嗯，妳等我一下喔。」

明日菜心跳加速。

今天要跟優一起回家呢。

不知道她們同路到哪裡？在路上該跟她聊什麼才好？

思考這些的時候，優壓低嗓音再次對明日菜開口：

「是說，我不太敢接近森崎老師，總覺得他今天的講課內容也有點可怕。」

「可怕？」

雖然這樣的感想讓人有點意外——不過，或許確實如此。

諸如死者或是死而復生等等，可能都是會讓一般小孩心生膽怯的話題。

想到這裡，明日菜正要點頭附和時，優又繼續往下說：

「——剛才，我不小心聽到池田老師跟別人聊天的內容。聽說森崎老師的太太過世了呢。」

明日菜敏銳地察覺到優想要表達的意思。

今天的講課內容。

老師過世的妻子。

將這兩件事放在一起看，答案便呼之欲出。

——老師是不是想讓他的太太復活呢？

這或許就是優想說的吧。

沒錯，如同自己想著是不是能讓瞬死而復生那樣。

「……明日菜？妳怎麼了？」

優擔心地詢問。看來，明日菜剛才似乎完全陷入沉思了。她連忙搖搖頭回應：

「我、我沒事。那我去找老師囉。」

「嗯。」

明日菜留下優，來到教職員辦公室外頭。

明明自己沒有做什麼壞事，為什麼造訪教職員辦公室時，總會讓人不自覺地緊張呢？

明日菜這麼想著，伸出手輕敲大門。

「打擾了。請問森崎老師在嗎？」

她這麼說著，踏入辦公室裡。然而——

她撲了一場空。

「森崎老師已經離開了喲。」

聽到池田老師的回應，明日菜有種白費力氣的空虛感。可是——倘若能讓瞬復活的方法真實存在，無論如何，她都想趁早知道。這樣的想法，讓明日菜接著說出這句話：

「請……請問……」

「什麼事？」

「池田老師，能請妳告訴我森崎老師的住址嗎？」

儘管這樣的請求十分突兀，池田老師仍仔細將森崎老師的住處資訊告訴明日菜。這孩子可能有什麼亟欲請教老師的問題——她或許是察覺到了這一點吧。

離開教職員辦公室後，明日菜發現優站在外頭。

差點忘了優還在等待，明日菜連忙上前開口：

「啊，對、對不起，讓妳久等了。」

聞言，優露出笑容回答：

「不會，我以為會更久呢。」

還說出這般讓人開心的回應。

就算以為會花更久的時間，她仍願意在外頭等明日菜出來。

儘管滿腦子都是得跟她道謝的想法，明日菜卻不知道該說什麼才好。

「呃……嗯，森崎老師已經回去了。」

勉強擠出來的只有這句話。

沒能向優表達她內心的感謝，讓明日菜後悔得要死。

不過，優看起來一點也不在意。

「那我們回去吧？」

「嗯……嗯。」

於是，明日菜便和優一起踏上歸途。

在路上，兩人的對話算不上熱絡。優主動祭出各式各樣的聊天話題，明日菜則是負責答話。就只是這樣而已。

如果想讓對話持續下去，必須做出會讓對方接著對自己提問的回應，或是反問對方問題——雖然明日菜疑似在某本書上看過這樣的建議，現在卻完全派不上用場。

「呃，那我要往這邊走喔。」

不知不覺中，兩人來到必須分道揚鑣的岔路。

——今天也沒能好好跟她聊天呢。

明日菜為此陷入懊惱又憂鬱的情緒。

「嗯，明天見。」

不過，她認為最後，自己至少有好好露出笑容。

接著——

和優道別後，過了片刻，明日菜轉身朝剛才走來的方向踏出腳步。

森崎老師的家位於反方向。不知為何，她不太想讓優知道這件事。

無論如何，她都想更了解雅戈泰。

而且還想盡可能早點了解。

因為明日菜實在好在意、好在意，在意得不得了。

＊

森崎住在某棟老舊公寓的套房。這時，他正獨自以打字機撰寫著報告書。

打字機，只能書寫英文字母和數字的機器。

所以，他打出來的字句想必是外文，不用說，也不可能是以「森崎老師」這個身分寫給學校的報告書。

報告書提交的對象，是稱呼他為「森崎中校」的某個組織。

他突然停下手邊的動作。

森崎將視線移向一個擱在桌上、必須手動旋轉的音樂盒。

同時，門鈴聲響起。

「……」

森崎打開玄關大門，看見明日菜站在門口。

這是明日菜初次造訪「老師」的住處，儘管緊張得快要死掉，但既然已經按下門鈴，森崎也替自己開了門，她就得努力開口說話。

「那個……不好意思，我有一些事想請教老師，所以……」

「噢，妳是渡瀨明日菜同學……對吧？」

「是、是的。」

「因為我還沒記住所有同學的名字，原本想著要是記錯人，該怎麼辦才好。」

森崎大方邀請明日菜入內，領著她來到起居室的桌前。

與其說是起居室，或許說是客廳更為恰當——明日菜這麼更正自己的認知。成套的桌椅、壁櫥、一整組茶具，看在明日菜眼中，這些都是相當陌生的東西。

房間四處都有堆得高高的整疊書籍。老師的家或許都是這樣子吧？明日菜這麼想。

「妳要喝咖啡嗎？」

一個溫柔的問句突襲了她。

明日菜慌忙回應：

「咦……啊，好、好的。可以請老師幫我加牛奶嗎？」

森崎泡了兩杯即溶咖啡，替其中一杯注入比較多牛奶，並將它放在桌上。接著，他將牛奶比較少的另一杯放在這杯咖啡的對面後，在椅子坐下。

「謝謝老師。」

為了咖啡道謝後，明日菜才想起自己什麼都沒說明，得快點說些什麼才行。最後，她得出了必須先問候老師的結論。

「——不、不好意思，突然來老師家叨擾。我是跟池田老師問了住址……」

「如妳所見，我一個人住，所以妳不用顧慮太多。因為我才剛搬過來，所以家裡只有成堆的書就是了。」

森崎以溫柔的語氣回應，用中指推了推鼻梁上方的眼鏡，接著問道：

「那麼，妳想問我什麼事？」

「——」

雅戈泰，或是讓死者復生等等，這些都不是應該說出口的話。

明日菜在瞬間做出這樣的判斷。

「那、那個，關於老師今天上課時講解的內容……」

聽到她的發言，森崎臉上浮現笑容。

「妳十分認真在聽講呢。」

那是個看起來莫名詭異的笑容。

「妳有什麼想讓他死而復生的對象嗎？」

「——！」

明日菜說不出半句話。

要說她不想讓瞬死而復生，那是騙人的。

可是，一旦實際將這個願望說出口，她總覺得——會很危險。

然而，森崎將明日菜的沉默判斷為肯定，接著開口：

「遇見來自雅戈泰的那名少年的人，就是妳嗎？」

「咦……」

他怎麼會知道——

面對一臉困惑的明日菜，森崎朝她遞出一本筆記本。

「妳看看這個。」

封面上寫著一行「Mizonofuchi Report（溝之淵報告書）」的文字。

到這裡還沒什麼問題，但——

下方還有一行紅色的「CONFIDENTIAL」捺印。

這表示是機密文件。

要是看了這個，就無法回頭了——但明日菜並沒有察覺到這一點。

她翻開筆記本，翻過幾頁貼著不太知道是什麼東西的照片的內頁——在看到其中一張照片後輕聲驚呼。

出現在照片裡的，是那頭外型類似野熊的怪物屍體。

發現明日菜的視線停留在那張照片上，森崎開口：

「我們稱這種生物為克查爾特，祂是守在雅戈泰入口的守門者。」

說著，森崎又在明日菜眼前攤開另一本書問：

「那麼，這張照片妳怎麼看？」

類似社會科資料集的這本書裡，刊載了好幾張外觀相當奇特的雕像照片。儘管很難用一句話來形容這些雕像，但可以確定的是，它們和世上任何一種已知生物都不太一樣。

「跟剛才那隻怪物有點像。」

聽到明日菜的感想，森崎點了點頭。

「這是修梅利亞三千年前的古代神像。過去，這個世界的每個角落都有神明存在，引導當時仍稚嫩無知的人類。祂們就是克查爾特。」

「克查爾特……」

明日菜輕聲重複一次。森崎點點頭，繼續往下說。

「人類日漸成長，變得再也不需要神祇，明白自己已經完成任務的克查爾特，便留下守門人返回地底世界，離去時還帶著一些追隨自己的氏族。」

「氏族？」

聽到這個陌生的詞彙，明日菜疑惑地開口。

但森崎並沒有解答這個疑惑。

「據說，有少數人類和克查爾特一起前往地底，抵達了地底世界雅戈泰。至今，雅戈泰仍保留著失傳的眾神智慧，是個能夠實現所有願望的地方。」

此刻浮現在森崎臉上的笑容，感覺帶著幾分桀驁不馴——該說是桀驁不馴嗎？明日菜甚至覺得他的表情有點可怕。

接著，森崎道出口的是——

「——沒錯，也包括讓死者復活。」

讓死者復活。

明日菜嚥了嚥口水。

「請問……雅戈泰真的……」

真的存在嗎？原本想這麼問的明日菜，音量卻愈變愈小，最後幾個字無聲無息地消散在空氣中。

「這個嘛，有可能只是傳說而已。有很多種說法存在，不過我只是——沒錯，只是在進行這方面的研究罷了。」

「可是……」

——老師，你不是想讓你太太復活嗎？

這次，明日菜也沒能好好將內心的想法說出來，因為森崎剛好從座位上起身，感覺是他的動作打斷了她的發言。

「好啦，妳該回去了，不然天色會愈變愈暗。」

「……老師。」

或許——或許是因為相信瞬所說的話，又或許是因為她想相信讓瞬復活的可能性確實存在。儘管不知道原因為何，但明日菜如此開口：

「我相信一定有雅戈泰這個地方。」

森崎會怎麼看待這句發言呢？

他的說話語氣中，已經不見方才那種莫名高漲的情緒。

「——馬上就要天黑了，不要繞路去別的地方，直接回家吧。」

完全恢復成為學生著想的一名教師的嗓音。

＊

回家路上。

在一定會經過的那個平交道，明日菜發現了咪咪。

「咪咪！」

一聽到她的聲音，咪咪就沿著鐵軌衝出去。

明日菜追著咪咪跑。不知為何，她覺得自己非得這麼做不可。咪咪愈跑愈遠了。

「等一下啦！」

換作是平常……

換作是平常，咪咪總會乖乖聽她的話。

——從什麼時候開始，咪咪變得不再聽話呢？

明日菜想著，馬上得出答案。

是從瞬出現之後。

「咪咪！」

人類不可能追得上使出全力衝刺的貓咪速度，明日菜終究還是跟丟了咪咪。

在跟丟的同時——

明日菜來到了鐵軌橋。

然後，她發現一件事。

在抬頭可見的山腰、她最喜歡的那座高台上，有一道藍色的光芒閃爍。

「……！」

明日菜踏出步伐。

像是被某種預感催促著。

她踏出的腳步愈來愈快，最後，她全力奔向那座高台。

那道藍色光芒，絕對是來自瞬身上的寶石。

這樣的話……

明日菜氣喘吁吁地抵達高台時，發現披著一襲陌生的皮革披風、身上穿著民族風服裝的——

瞬站在那裡。
察覺到明日菜現身的瞬轉過身來。
那顆發光的藍色寶石掛在他的胸前。
「……！」
幾乎喜極而泣的明日菜拔腿衝向他身邊。
「瞬！」
她拉起瞬的手，開心得不得了。
「瞬……瞬！果然是你！」
果然還活著。
沒有從這座高台摔下去呢。
滿心歡喜的明日菜這麼喊道。
然而——
瞬的反應，卻和明日菜期待看到的任何一種都不同。
他用力甩開明日菜的手，並且質問：
「妳是誰啊？」

他帶著露骨的警戒問道，停頓半晌又自言自語地說道：

「……那傢伙跟地表人接觸了嗎……」

「瞬……？」

聽到明日菜這麼輕喚，瞬只是搖搖頭說：

「那傢伙已經不在了，忘記發生過的一切吧。」

這番話讓明日菜聽得一頭霧水。

當她試圖以混亂的腦袋，擠出下一句想對瞬說的話時——

這座高台的前方突然出現一架直升機。

螺旋槳掀起狂風，強光直接打在兩人身上。明日菜連忙伸手擋在臉前，同時，面前的瞬開口說：

「亞魯茨捷利……！」

披風在空中不斷飄揚的他，對明日菜這麼表示：

「我要走了！」

然而——

做類似軍裝打扮的三名男子，已經持槍守在瞬企圖離去的方向。瞬輕輕「嘖」了一聲，停下腳步。他們臉上都戴著防風鏡和口罩，無法判別長相。

站在正中央的男子朝瞬踏出一步。

「是來自雅戈泰的少年嗎？」

說著，他伸出右手。

「把歌薇絲交出來吧。」

明日菜完全無法理解眼前的狀況。

槍？

那些……都是真槍嗎？

她無法跟上急遽的事態變化，忍不住輕聲呢喃：

「這些人……想做什麼？」

同時，直升機緩緩動作。雖然明日菜不明白，但這是一架軍用直升機，而且——機上的機關槍已確實瞄準她和瞬。

「可惡！」

瞬一把揪住明日菜的手，朝男子們所在的反方向拔腿衝出去。

正中央的男子制止了另兩名男子即將扣下扳機的動作。

瞬從高台上一躍而下，在半空中抱住明日菜，接著便往森林墜落——那是一般人必須做好死亡的覺悟才能往下跳的高度。不過——

「呀啊啊！」

在明日菜的尖叫聲中，瞬以周遭的林木枝枒做為緩衝，讓兩人下墜的速度減緩，平安落在泥土地上後，又繼續狂奔。

發現他們的身影後，直升機機關槍開始對地面掃射，揚起陣陣沙塵。

瞬輕易閃避了所有攻擊——只是看似如此。

「別真的射中啊。」

剛才站在中央的男子如此下令。

「直接讓他們帶領我們到『門』的所在處。」

當然，在下頭奔跑的兩人，對男子這樣的意圖一無所知。

＊

眼前是一扇石頭大門。

如果不是瞬在身旁，明日菜八成只會以為這是洞窟盡頭的死路。

瞬使盡全身力氣，將石頭大門往一旁推開──露出藏在後方的暗道。同時，瞬掛在胸前的寶石也泛出藍色光芒。

「……那顆寶石……」

瞬淡淡地回應，往洞窟深處邁開腳步。

「這是歌薇絲。我是為了取回這個東西，才會來到地表世界。」

雖然明日菜仍完全搞不清楚狀況，但她不覺得剛才那些像軍人的男子會簡單放過他們。無可奈何之下，她只好跟著瞬的腳步繼續前進。

「那些傢伙無法進來這裡。出去的時候不需要藉助歌薇絲的力量，妳在這裡躲著，等天亮就回家吧。」

「你剛才說地表世界……」

跟在瞬後頭的明日菜問道。

「所以，雅戈泰果然位於地底嗎？」

「……妳連這種事都聽說了？」

他的語氣聽起來有些無奈，也有些吃驚。

「瞬……難道你喪失記憶了嗎？」

「我——」

話還沒說完，瞬便一把將明日菜攬進懷裡，然後高高跳起。下一刻，洞窟的天花板崩塌，直升機的機關槍再次向兩人展開猛攻。

——不，不對。

瞬在剎那間做出判斷。

剛才的機關槍掃射，只是為了擴大洞窟入口罷了。

「可惡，那些傢伙要衝進來了！」

明日菜跟上瞬逐漸加快的步伐，不斷往洞窟深處前進。

這個洞窟的規模到底有多大呢？裡頭有時是狹長型的通道，有時是像個小池塘的構造，就這樣持續不斷往前方延伸。

——我已經無法靠自己的力量走回去了吧。

明日菜這麼想著。

「噯，我們要走到哪裡——」

話還沒說完，她突然噤聲。

某種東西的化石，從一旁的石牆上裸露出來。稱之為「某種東西」，並不是因為明日菜過於無知，而是那和地表上所有生物都有著關鍵性的差異，也跟她至今見過的任何一具化石都截然不同，看起來極為異樣。

「怎麼了？快跟過來！會被他們追上的。」

「瞬，這個洞窟是……」

「我不是瞬。」

不斷往洞窟深處前進的同時，表明自己不是瞬的少年繼續往下說。

「其實也根本沒有義務要救妳。」

「……你怎麼了？」

簡直像是完全變了個人。

之前的瞬明明那麼溫柔啊。

難道他真的——

「噯，如果你不是瞬的話，那你又是誰啊！」

他真的不是瞬嗎？

明日菜這麼想的時候，突然被少年伸出右手擋下。

「安靜點，妳待在這裡別動。」

「……怎麼了？」

少年摘下他原本掛在胸前的寶石——亦即歌薇絲。

「是守門人。」

他們來到了洞窟特別寬敞的部分。

感覺能輕鬆容納學校體育館的這個洞穴空間裡，出現了奇妙的生物。

看起來像是鱷魚又像是蜥蜴，卻有著河馬那般龐大的身軀、非常巨大的生物，體型約莫數公尺高，全長則可能有十公尺以上。

守門人。

明日菜覺得自己最近好像聽過這個名詞——

——人類日漸成長，變得再也不需要神祇，明白自己已經完成任務的克查爾特，便留下守門人返回地底世界。

是森崎說過的話。

那麼，那就是克查爾特？真的克查爾特？

少年又說：

「過去，守門人曾是指引人類的存在。」

他和森崎說了同樣的話。

「然而，因為地表世界汙穢的空氣，祂們幾乎全都喪失了心智。」

說著，少年揚起歌薇絲，對著克查爾特搖晃。

「希望這樣能讓祂們想起來——」

下一瞬間，克查爾特露出尖牙，企圖一口咬住少年。後者閃過祂的攻擊，從腰間抽出短刀，朝克查爾特的下顎揮去。一陣金屬相互撞擊的尖銳聲響在洞窟裡迴盪，但克查爾特毫髮無傷。

「咕……」

克查爾特憑藉一股蠻力撲向少年，揚起的塵土遮蔽了兩者的身影。

「瞬！」

明日菜不禁出聲呼喚。不過，少年隨即以吶喊回應她。

「在那邊待著別動！」

看來他似乎沒事，明日菜停下差點想朝少年奔去的動作。

這時，她看到少年胸前的歌薇絲發出強烈的光芒。

克查爾特在瞬間全身癱軟。

少年沒放過這個機會，從下方狠狠地將克查爾特的下顎往上踹，接著在半空中往後翻了一圈，藉此拉開兩者的距離。

「你沒事吧！」

「還沒結束呢。」

看到明日菜趕到自己身旁，少年將手中的歌薇絲掛在她的脖子上。

「幫我保管歌薇絲吧。我不想殺害祂。」

拋下短短的這句話後，少年又朝克查爾特衝了過去。

「我會設法讓祂睡上一覺……！」

少年衝到克查爾特的前方。

在一陣長嘯後，克查爾特朝少年猛衝。少年在千鈞一髮之際躲開祂的衝撞，並順著身體翻轉半圈的力道，以手肘重擊克查爾特的太陽穴。克查爾特的頭部重重晃了一下。接著，少年跳到祂的頭部上方，以雙手瘋狂捶打。或許是因為頭部接二連三被毆打，克查爾特的巨大身軀「轟」一聲倒地。

「算是成功了……嗎？」

氣喘吁吁的少年露出滿意的表情。

「妳把歌薇絲——」

就在少年轉頭這麼開口的瞬間。

克查爾特並沒有被打暈，祂朝少年橫掃過來的尾巴，一把將他打飛，撞上石牆。

「瞬！」

明日菜慌慌張張地趕往少年身邊。

同時，克查爾特朝他們衝過來。

看到祂張開血盆大口的明日菜，在頓悟自身之死的瞬間——

耳邊連續響起了三聲她不太熟悉的爆炸聲。

接著，鮮血從克查爾特的頭部側面噴出。

（咦……？）

明日菜一頭霧水地移動視線，看見剛才那些做類似軍裝打扮的男子。他們手上舉著槍，槍口正飄散出裊裊硝煙。

「沒想到會有克查爾特……」

其中一名男子開口。

「這裡果然是入口嗎？」

那是真槍？騙人的吧？

——無論如何，得逃走才行。

明日菜這麼想，隨即攙扶少年起身。儘管她想支撐著少年的身體逃向洞窟深處，但兩人的步行速度實在太緩慢，遲遲無法前進。

站在三名男子中央的人眺望著克查爾特的身體。他冷靜的嗓音傳入明日菜的耳中。

「這傢伙是——」

「……什麼？」

其中一名男子問道。

「是五千萬年前的上古鯨魚。殺了祂。」

「不過，上頭有交代要回收所有『印記』……」

「只要拿到歌薇絲，他們就沒什麼好囉唆的了。動手。」

聽到他的指示，旁邊的一名男子舉起機關槍。

「——住手！」

看到這一幕的少年大喊。然而——

無數的子彈冷酷地襲向克查爾特的軀體。

站在正中央的男子，背對這樣的光景朝少年和明日菜走去。少年將身子從明日菜的肩上移開，為了保護她而虛弱地舉起手中的短刀。

背後就是石牆，兩人無處可逃。

男子舉起槍對明日菜說：

「帶著歌薇絲走到我這裡來，否則，我就殺死這名少年。」

「別過去。」

少年低聲要求——同一瞬間，男子開槍，少年身旁的岩石應聲迸裂開來。

「我也可以把你們倆一起殺掉。」

「……瞬。」

少年沉默了半晌，然後——

他以男子聽不見的音量再次低喃：

「我會趁隙去救妳。」

現在的情況依舊讓明日菜一頭霧水。這顆叫做歌薇絲的寶石，是如此貴重的東西嗎？

不過，現在似乎也只能照著少年的話去做。明日菜輕輕點頭回應後，朝著男子走去。

兩者之間的距離大約是十公尺——

這時候，歌薇絲突然開始發光。

同時，明日菜身旁的石牆也跟著發出光芒。

（咦……什麼？怎麼了？）

明日菜吃驚地停下腳步，但男子冷酷地對她開口。

「過來，不要停下腳步。」

在他身後，其他男子邊踐踏克查爾特倒地的身軀，邊開槍給予祂致命一擊。站在中央的男子朝他們下令：

「你們待在這裡牽制那名少年。」

聽到他簡短的指示，其中一名男子問：

「那就是『門』嗎？」

「八成是。之前出現在南極的那個例子，無論是用炸藥還是鑽岩機，都無法打開它。不過——」

男子喃喃說著，從背後推了明日菜一把，讓她靠近被他們喚作「門」的那片石牆旁。

石牆的一部分散發出極為強烈的光芒。

「用歌薇絲接觸那道光芒。」

明日菜止住呼吸，以不斷顫抖的手捧起歌薇絲。

怎麼辦？總覺得接下來會發生很可怕的事。照這個男人說的話去做真的好嗎？不，不好，一定不好。

「怎麼了？快點照做。」

然而，她現在似乎沒有其他選擇。

明日菜戰戰兢兢地以歌薇絲的一角接觸石牆的光芒。

像是某種魔法似地——

被喚作「門」的石牆瞬間消失，一條岩石通道跟著顯現在眾人眼前。這條通道的外型十分完好，但或許是年代久遠的緣故，四處都爬滿植物的藤蔓，岩石也有些磨損剝落。儘管如此，這條通道仍工整得實在不像是一座遺跡。

男子發出感嘆聲。

「峽谷海……我終於走到這一步了。」

語畢，男子將原本瞄準少年的槍口，緩緩移向同夥的兩名男子。

「同行到此為止，辛苦你們了。」

男子們吃驚地開口。

「中校，你這是做什——」

「接下來由我一個人去。」

男子拉著明日菜，謹慎地朝「門」的另一頭踏出腳步。

「替我問候歐羅巴的老人。」

語畢，原本掩著洞口的那片石牆再次浮現——

少年沒有放過這一瞬間出現的機會。

他壓低身子，一口氣衝出去。儘管兩名男子連忙開槍，但他們的攻擊沒能命中少年。

最後，當「門」變回原本的石牆時——

留在石牆內側的，是男子、明日菜和少年。

「瞬！」

「亞魯茨捷利！」

看到少年舉起短刀，男子大方扔掉手中的槍。

當少年為他乾脆棄械的動作愣住時，男子輕推明日菜的背，示意她已經可以自由行動。

明日菜連忙趕往少年的身邊。
仍未放下戒心的少年舉著短刀，讓明日菜躲在自己身後。
「你這是什麼意思？」
少年質問男子。
男子沒有回答他的問題，只是淡淡摘下臉上的防風鏡和口罩。
除去遮蔽物後，露出來的那張臉是——
「森崎老師！」
沒錯，是才剛來擔任代課老師的森崎龍司。
「既然已經來到這裡，我就沒有理由繼續和你敵對。」
森崎以和方才截然不同的溫和語氣開口。
「我只是想去雅戈泰而已。」
雅戈泰。
聽到這個名詞，明日菜不禁屏息。
仍維持著高度警戒的少年，繼續告誡森崎：
「雅戈泰是等待毀滅的地方，那裡沒有半點亞魯茨捷利渴望的東西存在。」

然而，森崎的雙眼透露出堅決。

「我想要的既非長生不老的祕密，也不是古代的智慧。」

他這麼開口。

森崎的眼神和發言，都帶有某種強大的意志。

「……我只是想讓妻子死而復生罷了。」

——森崎老師果然是想讓他死去的妻子復活嗎？

明日菜這麼想著。

這樣的話，代表「雅戈泰」存在於這條路的前方嗎？

「……」

繼續和森崎對峙了片刻後——少年將短刀收回腰間的刀鞘裡。

「隨便你吧。反正，我的職責只在於回收歌薇絲而已。」

說著，他從明日菜的脖子上取下歌薇絲，重新戴在自己身上。

「妳叫什麼名字？」

少年問道。不同於總是溫柔不已的瞬，他的嗓音聽起來比較冷淡。

「……明日菜。」

「我叫做心，是瞬的弟弟。」

「心……那瞬他……」

「我哥死了。明知自己無法在地表世界存活太久，他還是做好覺悟，打破規定前往外頭的世界。」

瞬死了。

明日菜反芻著這句宛如詛咒的話語。

少年──心並不在意她這樣的反應。

「我要走了。就算沒有歌薇絲也能從內側打開『門』。等到早上妳就回家吧。」

說到這裡，他轉過頭望向明日菜。

「抱歉喔，明日菜，把妳捲進來。」

少年初次對她露出笑容。

那是和瞬一模一樣的笑容。

胸口好痛。

原本……她原本以為瞬還活著呢。

接著，心頭也不回地踏進地底湖，就這樣消失蹤影。

正當明日菜對眼前異樣的光景感到不解時——

「我們讓妳留下一段可怕的回憶啊。」

森崎說著，撿起地上的手槍。

「森崎老師，你為什麼……」

「妳聽說過亞魯茨捷利這個名字嗎？」

明日菜搖頭回應。

「——沒有。」

「那是世上唯一掌握了雅戈泰情報的組織。他們渴望得到地底世界的智慧，以此將所有人類引領至更美好的境地。」

森崎推了推鼻梁上的眼鏡，又繼續往下說。

「我也是那個組織的成員。這十年來，我都持續不斷在尋找雅戈泰的入口。」

「——可是，剛才和你在一起的那些人……」

「實際上，亞魯茨捷利只是由信奉空洞的諾斯底主義的一群人所組成。我對神祇或世界的真理沒有半點興趣。」

森崎說的這些，明日菜有一半以上都聽不懂。不過——

她能理解森崎接下來篤定的這句話。

「我的目的，只有讓妻子復活而已。」

讓妻子死而復生。

讓死去的人活過來？

真的有辦法做到這種事嗎？

「接下來，我會前往雅戈泰尋求相關方法。抱歉，讓妳遭遇這麼危險的事。」

語畢，森崎也和心同樣朝地底湖踏出步伐。

當整個身體都浸到湖裡時，他掬了一口湖水湊進嘴邊。

「果然是威達之水嗎？」

對明日菜來說，眼前淨是一堆讓她無法理解的事。

瞬、心、森崎、雅戈泰，還有讓死者復活。

可是——

「……老師！」

明日菜出聲大喊，趕至森崎身邊。

「老師，我也要一起去。」

「為什麼？妳想讓那名死去的少年復活嗎？」
「這個……我不知道。可是……」
明日菜也不知道自己究竟想怎麼做。
「可是！」
她沒能繼續往下說。
她很顯然還沒有整理好自己的心情，可是，如果現在不跟著森崎走，她就再也沒有機會去雅戈泰。
沒錯，一定永遠不會有機會了吧。
「這可能會是一趟危險的旅程，而且，不知道什麼時候才能踏上歸途。就算這樣也沒關係嗎？」
面對森崎的提問——
明日菜點點頭。只有這件事，她能以堅定的態度回應。
「是的。」
聽到明日菜的回答，森崎朝她伸出手。
「來吧。」

明日菜戰戰兢兢地握住他的手，跟著踏進地底湖中。

「這是名為威達之水的遠古液體，幾乎不具有浮力。只要讓肺部填滿這種液體，就可以在水中呼吸。雅戈泰位在這座湖的湖底。」

說著，森崎不斷往湖裡走去。

湖水一下子就淹到明日菜的胸口。

她微微做出反抗的動作，但森崎並未因此停下腳步。

「呃……老師，等一下……」

「沒事的！只要喝下湖水，就可以呼吸！」

儘管他這麼說，但可怕的東西就是可怕。按照常識判斷，人類無法在水中呼吸。

然而，森崎只是邊撥開湖水——威達之水——邊快步前進。

「這是為了找回珍貴的東西！」

或許——

之後，回憶起當下的明日菜這麼想。

對森崎而言，這個瞬間，或許就是他長久、長久以來一直渴望的時刻吧。

耗費十年歲月，苦苦尋找通往雅戈泰道路的他，在這一刻終於發現了。

「快做好覺悟！明日菜！」

語畢，森崎硬是拉著明日菜潛入威達之水裡。

然後——

明日菜發現自己可以呼吸。

森崎也轉而以溫柔的笑容望向她，接著再次踏出步伐。

湖底有一道很長很長的階梯，左右兩側豎立著各種看似遺跡的石頭建築物。

兩人以眼角餘光邊觀察這些建築物，邊踩著階梯前進。最後，階梯突然來到盡頭，出現在前方的是一個深不見底的洞穴，讓人感受到源自內心深層的恐懼。

明日菜猶豫了一瞬間。

但森崎仍抓起她的手，一口氣往下跳。

跳進那個好深、好深的漆黑深淵。

＊

在下墜的途中，明日菜覺得自己好像作了一個夢。

一對男女坐在熟悉的日式木造住宅的走廊上。
挺著大肚子、似乎懷有身孕的女子開口：
「我想替寶寶祈禱，但願這孩子能夠擁有幸福的人生。」
男子微笑以對。
「沒問題的。」
他伸出手溫柔輕撫女子的肚皮。
「光是能夠呱呱墜地，這個小生命就已經夠幸福了。」

第五話

醒來後，最先映入眼簾的是老舊的石頭天花板。

接著，發現咪咪坐在自己胸口上的明日菜，邊撫摸牠的背邊爬起身。

她再次環顧周遭——彷彿逐漸被蓊鬱林木吞噬的遠古建築物。她身處的地方，是一處感覺完全符合這種描述的廣場。

對了，她在那片叫什麼名字的水裡行走，然後下潛到好深好深的——

「妳醒了啊。」

聽到對自己說話的聲音，明日菜轉頭，發現森崎站在後方。

他朝咪咪揚了揚下巴問道：

「那傢伙是從妳的背包裡鑽出來的。是妳帶牠來的嗎？」

「……不是。咪咪，你什麼時候……」

聽到明日菜語帶責備的質問，咪咪以臉磨蹭她，像是要刻意討好她。

「我們或許沒有能帶著牠走到最後的餘力喔。」

森崎冷淡地這麼表示。

「帶著牠……走到最後——」

明日菜像是學話的鸚鵡般複述他的發言。接著——

「老師！這裡是……」

這裡就是雅戈泰嗎？

森崎沒有回答她不完整的提問，取而代之地這麼回答：

「那邊有一道可以通行的階梯，走吧。」

明日菜跟上隨即邁開腳步的森崎，踩著宛如歐洲古堡的階梯往上走，最後來到一處綠意盎然的室內花園。

「——老師……」

「嗯。」

明日菜還沒說完，森崎便出聲回應她。這座有著半圓形屋頂的室內花園，一共只有兩個出入口，想繼續前進的話，只能選擇往深處的另一條通路走去。然而——

有一頭看似鹿的生物盤踞在那個通道的入口。

會以「看似」來形容並不是沒有道理。祂頭上的犄角，比明日菜知道的任何一種鹿的犄角都要來得巨大又扭曲，而牠的背上，也有著和那頭類似熊的怪物——克查爾特相同的幾何圖形。

「是克查爾特，恐怕是守門人吧。」

明日菜心想，那也是克查爾特嗎？

然而，不可思議的是，這頭鹿不像之前的那頭熊那麼令人害怕。純粹因為祂們看起來一個是肉食動物、一個是草食動物的差異嗎？又或者並非如此？明日菜無從判斷。

「祂在看這裡……」

輕聲開口後，森崎接著說道：

「看來只能從正面進攻。」

他舉起手中的槍。

——要殺了祂嗎？

在明日菜猶豫著是否該制止森崎的瞬間，咪咪突然從她的肩膀一躍而下，衝向那頭克查爾特的身邊。

「咪咪！」

明日菜準備追出去的時候，森崎伸出手攔住她。

咪咪沒有被那頭克查爾特攻擊。後者垂下頭，和咪咪靠近到鼻子快要碰在一起的距離。

然後——

咪咪以極為自然的動作跳到克查爾特頭上，但後者並沒有因此暴動，不僅如此，甚至還從通道入口讓開，彷彿是在向兩人表示「讓你們過吧」。

明日菜和森崎小心翼翼地朝通道走去。

「咪咪，過來。」

「——明日菜。」

儘管森崎提高了戒心，但明日菜並不覺得這頭克查爾特可怕。可是，就算是普通的牛隻或馬匹，如果靠近牠們，她多少都會心生畏懼才對。這讓明日菜覺得很不可思議。

她走到克查爾特的身旁，朝咪咪伸出手。

「咪咪。」

咪咪回以一聲「喵嗚～」，再次跳上明日菜的肩頭。

眼前的克查爾特一動也不動，祂凝視著明日菜的視線，似乎還帶著幾分溫柔。

「走囉，明日菜。」

明日菜轉身，發現森崎已經踏入通道。

看到她小跑步跟上自己，森崎笑著表示：

「這傢伙說不定意外幫得上忙呢。」

在兩人走出這條宛如遺跡的通道後——

出現在眼前的，是一片浩瀚的景色。

看起來無邊無際、彷彿一直延續到地平線盡頭的草原，以及座落在各處的森林、潺潺小溪，還有上方的蔚藍天空——完全無法想像這是「地底世界」的光景。

「唔哇～」

明日菜忍不住發出讚嘆。

她覺得好美。她至今從未見過如此壯觀的景色。完全被眼前美景奪走目光的明日菜，將視線從遙遠的彼方慢慢往上，然後——

「老師，你看那個！」

她發現蔚藍天空中的雲朵後藏著某種東西，不禁出聲吶喊。
若用一句話來說明——那是一艘船。
外型類似靠人力划槳推動、有著華麗裝飾的巨大古代船艦，在空中緩緩飛行。
「是謝庫納．威瑪納！」
森崎道出一個陌生的名詞。
「嗯？那是什麼？」
聽到明日菜的疑問，有些無法掩藏興奮情緒的森崎回答：
「是傳說中眾神搭乘的船隻。跟文獻上說的一樣……這裡果然就是雅戈泰！」
「雅戈泰……是嗎？」
明日菜喃喃自語時，父親遺留的那顆藍色石頭，突然在口袋裡綻放藍色光芒。
——咦？咦？什麼？
她連忙從口袋裡掏出石頭。儘管炫目到令人無法直視，但這道光芒不帶半點熱度，只是持續不斷地散發出來。
看到這一幕，一旁的森崎驚呼：
「……那是歌薇絲！」

歌薇絲？是說這顆石頭嗎？

明日菜所知道的歌薇絲，應該是瞬隨身攜帶，之後心還為了取回它而來到地表世界的那顆寶石的名字。

這顆石頭是歌薇絲？

「是碎片嗎？妳怎麼會有這個東西？」

——我才想問呢。

明日菜困惑地回答：

「我拿這個當作礦石收音機的零件。這是我爸爸留下的遺物。」

「……遺物？」

說著，森崎露出陷入沉思的表情。

隨後，他抬頭仰望自己的後方。

這時，謝庫納．威瑪納剛好鑽入雲朵後方。

「歌薇絲是拉丁文裡『鑰匙』的意思。這個東西之後或許能幫助我們，妳可要好好保管它。」

「……好的。」

不用刻意叮嚀，我也會好好保管它。這可是爸爸的遺物呢——明日菜內心想著。不過，這顆石頭似乎有著遠超過「父親遺物」的價值。

「朝那艘船行進的方向走吧，應該會有什麼才對。」

森崎凝視著雲朵間的縫隙表示。

「有我們追求的某種東西。」

「……」

明日菜點點頭。

*

就這樣，兩人展開了旅程。

不過森崎走路的速度相當快，明日菜光是要跟上他，就得耗盡全身力氣。人可等我一下吧——儘管這麼想，但畢竟是自己硬要跟來的，明日菜也不好提出這種任性的要求。一旦和森崎拉開距離，她就以小跑步的方式追上。重複幾次之後，不知不覺間，她發現自己沒必要繼續這麼做了。

她隨即發現森崎已放慢腳步配合她的步調。

……他或許意外是個溫柔的人也說不定。

明日菜這麼想著，開口說道：

「不好意思，我走得……」

她說到一半，仍看著前方行走的森崎便出聲回應：

「不，是我應該早點注意到這點才對。」

語畢，他沒有再針對這件事多說什麼。

雖然隸屬於那個叫亞魯茨捷利的組織，但明日菜覺得老師果然就是老師。老師都是人格崇高又偉大的人，她這樣的想法並沒有錯。

實際上，森崎的確是相當細心的男人。

翻越崎嶇的岩山時，他會頻繁地伸出手拉明日菜一把。

橫越湖泊時，倘若發現立足點不夠安全，他會馬上告知明日菜。

在草原上採集可食用的野草時，他也會指導明日菜辨別的方法。

這是很不可思議的事。

雖然不可思議——

沒能好好做準備也沒能事先通知母親，就這樣展開了這趟旅程的明日菜，竟然覺得有些樂在其中。現在，至今從未有過的充實感，甚至讓總是渴望到某個遙遠地方的明日菜覺得，自己想前往的目的地，或許正是雅戈泰。

夜晚升起營火後，她便在細讀文獻的森崎身旁靜靜度過這段時光。因為森崎總是隨身攜帶香菸和打火機，所以生火不是問題；再加上雅戈泰是個被大自然環繞的豐壤國度，不愁沒有助燃的東西。

不可思議的是，明日菜也很喜歡這樣的時光。

說起來，她原本就不排斥和他人共度。

不排斥，卻也不擅長。

因為她不知道該跟對方聊些什麼。

不過，森崎總是沉浸在書本的世界裡，感覺沒有必要刻意與他交談；而他也不會勉強明日菜和自己對話，所以她不必在意這些事。

這趟雅戈泰之旅，充滿興奮和刺激。

唯一讓人不安的是糧食問題。

森崎帶來的無味乾糧，只有幾天的分量，而明日菜的背包裡也只放少許點心。

關於這點，明日菜真的覺得相當愧疚。然而，要是不拜託森崎分自己一點糧食，她恐怕無法繼續這趟旅程。她盤算著將「可以分我一點乾糧嗎」這句話說出口的時機，但到頭來，根本沒有這種必要。

森崎將乾糧塞進口中的同時——

「來，吃吧。」

也拔了一塊和明日菜分食。

她真的覺得很開心。

為了多少表達謝意，明日菜把自己帶來的點心給了森崎。不過，後者仍極其自然地和她共享這塊點心。

儘管明日菜帶來的點心，營養價值明顯不足，但森崎並沒有因此表現出嗤之以鼻的態度。每一餐，他都和明日菜一起分享自己的乾糧和這些點心。

這樣的用餐時光，讓明日菜十分開心。

沒有比一個人吃的飯更索然無味的東西。

對於懷抱這種想法的明日菜來說，和森崎共享每一餐的時光，都能讓她感受到某種短暫的安穩。
森崎也準備了長途旅行需要的寢具——雖然只是幾塊用來鋪在地上的毯子——但他不是自己用，反而讓給明日菜使用。
關於食物和寢具不足的問題，森崎這麼回答：
「要是被體力不足的妳拖累，我會很傷腦筋。」
不過每當他這麼說的時候，都會露出略微害羞的表情，這讓明日菜很想偷笑。
「話說回來……」
不知道是在旅途的第幾天，明日菜這麼開口之後，森崎輕輕揚了揚下顎。
明日菜也漸漸能理解他這些細微動作代表的意思，這是在催促她繼續往下說。
明日菜仰頭望向天空。
「這裡明明是地底世界，怎麼會有白天跟晚上呢？」
「……唔，這麼說倒也是。」
森崎附和，跟著仰望天空。
「真要說的話，或許得從『為什麼地底會有天空』這個問題討論起。但這裡沒有太陽，到了夜晚也看不見星星。」

「……說起來，真的是這樣呢。」

既然如此，到底為什麼會有白天跟晚上？

明日菜緊皺眉頭，認真思考這個問題。

「不過，畢竟這裡是眾神乘坐的飛船真的存在的地方啊。」

森崎罕見地以半開玩笑的口吻回應。

當然，這樣的答案無法讓明日菜心服口服，但她最後還是得出「再怎麼想也沒有意義」的結論。森崎或許也一樣吧。

於是，一星期的時間在轉瞬間消逝。

＊

「老師！」

這一天，明日菜有了新發現，以掩不住欣喜的嗓音大喊。

「這裡果然是村落的遺址！」

至今，別說是其他人遺留下來的生活痕跡了，兩人看過的建築物就只有連廢墟都算不上的遺跡。其他時間，他們都在這個被無止盡的大自然籠罩的世界裡不斷前進。現在，眼前終於出現稱得上是「廢村」的地方。

在這裡，有一半以上的石造建築物都還呈現完好狀態，是個就算住著人也不奇怪，但卻沒有半個人的村落。

「……不要抱太高的期待比較好。」

聽到森崎以平靜的態度回應，明日菜仍難掩興奮地表示：

「說不定裡頭會有農田！我過去看看！咪咪，來吧！」

其實關於這點，森崎也並非完全不抱期待。

不過，他判斷糧食的問題可以交給明日菜確認後，便一一踏進村落裡的民宅，察看裡頭是否有書庫之類的東西存在。最後，他挖出了幾本書。

這些書的內容都是以雅戈泰的語言撰寫而成。就算是森崎，也無法徹底解讀。

然而，儘管如此——

「菲尼斯．特拉……還有生死之門……是嗎？」

對雅戈泰人而言，這兩個地方似乎很重要。能得到關於它們的情報，可以說是出奇幸運吧。

當森崎到處翻閱書籍時，明日菜開心的嗓音傳入他耳中。

「老師！」

聞聲的森崎轉頭。

「你看！今天晚上或許能吃一頓大餐了！」

明日菜以雙臂環抱著一堆芋頭，或說是看似芋頭的植物。

「這些看起來確實像能吃的東西。不過有些芋頭類植物有毒，為了保險起見——」

儘管這麼開口，但森崎的擔心似乎是多餘的。

「我去用水洗掉它們的毒素！」

因為父母平日無法陪在身旁而已經習慣下廚的明日菜，此時幫上了大忙。

森崎望向因為下田而弄得渾身泥濘的她，再次開口：

「還有，妳的衣服……」

「老師身上的衣服也很髒呢。我等一下一起洗，請你先換穿其他衣服吧！」

目送明日菜捧著一堆芋頭奔跑離開的背影，森崎吐了一口煙，想起在十年前逝世的理紗。

——倘若兩人當初有生下孩子……

「……」

森崎粗魯地捻熄手中的香菸。

真是愚蠢的想像。

＊

這天的晚餐，是包裹在草葉裡頭的蒸芋頭。

原本在閱讀文獻的森崎，咬了一口芋頭後，便將手中的書本擱置一旁。

看樣子，他似乎是覺得邊看書邊吃，未免太對不起手中餐點的好味道。這讓明日菜非常開心。

這麼想的時候，她看到森崎露出有些害羞的表情。

「……真好吃呢。」

他這麼說道。

明日菜真的覺得好開心、好開心。

無法抑制的興奮，從她的嗓音裡透露出來。

「太好了。我在民宅廚房找到一些剩餘的鹽巴呢！」

想到只能啃乾糧的過去幾天，這確實算得上是一頓大餐。

從客觀角度來看，能攝取到鹽分是很幸運的一件事。

不過，並不只是如此。

當然，跟森崎兩人共享晚餐，是很快樂的一段時光；但能讓別人吃到自己準備的餐點，更讓明日菜開心不已。

或許是她的開心全都寫在臉上，森崎盯著明日菜開口：

「感覺挺意外的。」

「咦？」

「這趟旅行，似乎讓妳樂在其中。」

讓森崎感到意外的這件事，同樣讓明日菜覺得意外。

難道森崎覺得這趟旅行不開心嗎？

——這樣的話，她又為何會樂在其中？

明日菜覺得自己好像有必要說明。

儘管如此，她也不能說出「因為跟老師一起旅行，所以很開心」這種會招致誤解的話，煩惱了一瞬間後，她自然而然地開口。

在說出口之後，明日菜發現這正是自己毫無掩飾的真心話。

「之前，我時常一個人聽著廣播，想著自己一定要到某個很遙遠的、不一樣的地方。我想待的地方不是這裡，我想去到某個不熟悉的地方……之類的。」

這是每個青春時期的少年少女都會湧現的想法——明日菜覺得森崎或許會這麼想吧，可是，並不是這樣。

沒錯，聽到那首「歌」時，一瞬間浮現在腦中的陌生景色。

那就是自己渴望前往的地方。

「結果，我遇見一個不可思議的男孩子，為了追尋他的身影來到這裡——」

瞬。

此時此刻，已經不在這個世上的男孩子。

「來到雅戈泰以後，我覺得自己的情緒一直很亢奮。所以，接下來一定會——」

「……」

一定會。

不過，她無法明確斷言到底會發生什麼事。

所以，儘管明日菜的發言到這裡就結束了，森崎也沒有再說些什麼，只是靜靜地繼續用餐。

＊

接下來一定會。

她是想說「接下來一定會找到自己追求的東西」嗎？

——追求的東西……是嗎？

森崎思考著。

這十年來，他一直都只想著理紗。

馬上。

馬上就能夠見到她了。

森崎輕撫口袋裡的音樂盒。

「……」

或許是發現明日菜可能察覺到自己的動作了吧。

他抬起頭仰望天空。

「看不見星星的夜晚，讓人有點不安。」

雅戈泰的夜空沒有半顆星星存在。

因為這裡是地底世界，所以，或許這也是理所當然的。

看不到太陽的白晝結束後，現在，夜空中出現類似極光的光芒。

這是相當神祕的景象。

「感覺會讓人們徹底明白自己是多麼孤獨。」

——理紗。

森崎再次在內心輕喚這個名字。

——我馬上就能見到妳了。

第六話

「心・庫那・普拉薩斯。」

同一時刻。

心來到迦南村的族長休息室。

在這個焚燒著營火、氣氛莊嚴肅穆的房間深處，有個高掛兩道垂簾的空間。一名身穿貫頭衣的老嫗坐在裡頭的椅子上，兩旁還有士兵戒護著。臉上有著宛如年輪般一道道深邃皺紋的她，正是迦南村的最高掌權者「族長」。

「回收歌薇絲的任務，辛苦你了。」

在距離族長幾步以外的位置，心單膝跪地，誠懇地接受她的勉勵。

族長接著開口說：

「然而，你犯下一個過錯。」

突如其來的這句話，讓心瞬間屏息。

族長說的「過錯」究竟是——

「來自地表世界的男子和少女，正帶著歌薇絲朝生死之門前進。」

心沒能聽懂這句話的意思。

他確實達成了回收歌薇絲的使命才對。

「可是！歌薇絲就在這裡啊！」

就在這裡。

儘管瞬的遺體原本已經被地表世界的人回收安置，但他也趕在亞魯茨捷利著手進行相關研究前，將瞬的遺體搶回來，然後自行火化。

連同苦悶不已的心情一同燒成灰燼。

而且，他也確實從瞬的遺體取回歌薇絲。

那塊歌薇絲現在就在這裡。

既然這樣——

「他們持有其他歌薇絲的碎片。」

「——！」

心不禁語塞。

怎麼可能？

歌薇絲的……碎片？

這種東西存在嗎？

只有被選中的人能夠收下，恐怕不是「貴重」兩字足以形容的歌薇絲——地表世界的人竟然能持有它的碎片？

族長繼續以沙啞的嗓音往下說：

「你大方讓地表人踏進雅戈泰，這可是重大的過失。」

「——可、可是，我之前收到的指示……」

只有「回收歌薇絲」而已，而他也確實完成這項任務。

然而——打斷心發言的人，甚至不是族長，而是族長一旁的貼身護衛。

「無須狡辯！非要一字一句說清楚，你才會明白嗎！」

「！」

倘若讓地表人闖入雅戈泰是心的過失，那麼，這樣的過失確實是情節重大。可是，完全感受不到歌薇絲存在的他——無法輕鬆斷定歌薇絲位於何處的他，又做得了什麼呢？

族長又像是吟唱詩歌般開口。

「過往的繁華光景不再，至今的漫長時光，吾等都只是在苟延殘喘。和做為生命終點的雅思特拉里合而為一，是吾等的夢想。然而，一旦『門』遭人開啟，地表人將會再次攻入雅戈泰，導致和平的生活為混亂吞噬。」

過去，雅戈泰曾有過這麼一段艱困、痛苦的歷史。

沒有任何武力、只有過人智慧的雅戈泰，遭到地表人率軍入侵。

雅戈泰的居民被無情的槍彈蹂躪而失去性命，不同於武力的「力量」也遭到掠奪。

「吾等過去所承受的那些苦難，不是能夠輕易忘懷的東西。」

族長嚴詞以告。

「實在令人感嘆。即將迎接成年禮的你，至今卻還未能『開眼』。無法窺探克查爾特所見之物，也感受不到歌薇絲的存在。你的胞兄雖然有天分，卻因為宿疾纏身，導致他更加憧憬地表世界。」

——哥哥他……

心這麼想。

——哥哥他，是最讓我自豪的哥哥。

年僅六歲的時候，瞬就已經能和克查爾特的視野同步。

是史上最年幼的「執行者」。

然而——

或許是因為自幼罹病，總是過著和死亡相伴的日子。

瞬又罹患了另一種疾病。

他在年幼時期，從「老師」那裡承襲了一種病。

最終將他導向死亡的那種疾病——

是「對地表世界的憧憬」。

心，我聽說啊，到了夜晚，地表世界的天空會出現「星星」呢。

「星星」？

嗯，死去的人都會變成「星星」，在天上守護我們喔。

死去的人……也包括爸爸和媽媽嗎？

當然囉。他們會在天空一閃一閃地發亮呢。

哦……

能看見「星星」的天空，不知道有多麼美麗。

……

只有一次也好。在我死前，就算只能看見一次也好。

我好想看看那片星空——

心離開族長的房間，踏上石子路的時候，一名少女從後方追來。

「心！」

少女將一頭長髮紮在腦後，身上穿著儀式用的服裝。

心頭也不回，以尖銳的語氣開口：

「妳還在執行任務吧，賽里？」

「稍微離開一下沒問題的。」

被喚作賽里的這名少女回答，轉而走在心的前方。

心猶豫了片刻，覺得還是應該把這件事告訴身為兒時玩伴的她。

「——賽里，瞬他……」

「我知道。」

沒等心說完這句話，賽里便出聲回應。

——又或者，她只是不想讓心說出「瞬死了」這幾個字。

心平靜地輕聲表示：

「……真的很遺憾。」

賽里輕輕搖頭。

「別這麼說。就算病情因此惡化，我想，瞬應該還是看到了他想看的東西。」

「……」

心沒有回答。

因為關於這件事，他內心抱持的感情實在太過複雜。

賽里對這樣的心投以擔憂的視線。

「心，你又接下新的任務吧？」

「嗯。我得找出那些地表人，搶走他們的歌薇絲。」

聽到心的回答，賽里的表情蒙上一層更深的陰影。

「——可是，這樣的話……」

「族長沒有吩咐我一定要將他們滅口啦。」

或許是為了讓賽里放心，心露出笑容這麼安撫她。

然而，他隨即又以認真的語氣往下說。

「不過，若是有這個必要……」

心無法說謊的個性，從小時候到現在都不曾改變。

賽里以近乎尖叫的悲痛嗓音抗議：

「為什麼要讓你一個人去執行這麼危險的任務呢！」

「在父母死後，是這個村落將我們兄弟養育長大。我得報答這份恩情才行。」

說完，心轉身背對賽里。

「妳離開自己的任務太久了，快回去吧。」

「……心。」

心不再轉頭回應賽里的呼喚。

返回自己的房間後，心取出身上的短刀。
他靜靜凝視著這把收在刀鞘裡的短刀。
——心，我有一個禮物要給你喔。
在瞬結束「最後的任務」而返家的那天。
他一如往常對心露出溫柔的笑容，給了他這把短刀。
——等到你也開始執行任務後，應該會需要這個吧。
雖然是全新品，握在手中，卻有種好用又順手的感覺。
這絕對是很昂貴的東西。
不過，老實說，價格什麼的根本不重要。
只要是瞬送給自己的東西，心沒有一樣不當成寶貝珍惜。
更別說這還是最後的——
心甩甩頭。
現在不是沉浸於感傷的時候。
倘若是瞬……
倘若是瞬，想必能輕鬆達成這樣的使命。

心粗魯地將自己的長髮一把往後拉，再用短刀硬生生地割斷。

他來到馬廄，跨上愛馬的背衝了出去。

彷彿試圖追趕再也追不上的那個兄長背影——

*

「來，吃吧。」

今天森崎準備的晚餐果然也是蒸芋頭。

不過，明日菜當然沒有半句怨言。儘管現在已邁入飽食時代，人們很容易遺忘食物的珍貴，但託這趟旅程的福，她實際感受到有正常的食物可吃，著實是一件極其幸福的事。

「謝謝老師，我要開動了。」

明日菜接過芋頭開始吃之後，森崎也咬了一口自己的芋頭。

「來，你也吃一點吧。」

他這麼說，將芋頭分給坐在自己腿上的咪咪。

這讓明日菜很意外。

該怎麼說呢？她覺得森崎應該是更淡漠，或說是不會疼愛動物的個性才對。或許是因為在這趟旅程剛開始時，森崎說過的那句「我們或許沒有能帶著牠走到最後的餘力喔」，造就她這樣的印象。

這時，森崎也發現明日菜盯著自己看。

「嗯？怎麼了？」

他好奇地問。明日菜指著正在吃芋頭的咪咪回答：

「啊，沒有。我只是在想，你們不知不覺中變得很親近呢。」

聽到她這麼說，森崎一派輕鬆地表示：

「噢，因為要是情況危急，貓肉也能充當糧食。」

「咦咦！」

明日菜忍不住發出驚叫。

「開玩笑的。」

森崎以分不出是認真還是說笑的語氣回應。

……他真的是在開玩笑嗎？

過去，森崎可是宛如軍隊的神祕組織——亞魯茨捷利的成員之一。若是情況危急，他或許真的做得出宰殺貓咪食用的行為。

但又思考片刻後，明日菜覺得森崎應該不是會做出這種事的人。如果換成才剛開始這趟旅程的她，或許不會得出這種結論就是了。

「……」

明日菜慢吞吞地吃著手中的芋頭。吃了好一陣子後，她唐突地開口：

「老師。」

她再也無法按捺。不過，要說出這些話，也需要勇氣。

或許是發現明日菜的樣子不太對勁，森崎露出詫異的表情問：

「什麼事？」

明日菜猶豫著該從何說起。

既然主動開口，就得接著說點什麼。

「在我很小的時候，爸爸就過世了。」

她以這句話起頭。

森崎剝了一塊芋頭送進口中，代替明日菜往下說。

「而妳的母親在診所工作。雖然是典型的鑰匙兒童，不過這樣的妳確實在這趟旅程中幫上很多忙，我得跟妳道謝才行。」

「怎麼會呢，道謝什麼的……」

「不。」

森崎搖搖頭。

「畢竟我孤身一人很久了，所以認為自己還算有生活能力。再說，我一直以亞魯茨捷利成員的身分活動，所以在戶外紮營的經驗很豐富。不過……」

說著，森崎又將一小塊芋頭分給咪咪。

「我想想，該怎麼說呢……」

或許是在斟酌言詞，森崎沉思了半晌。

「姑且先不論這是不是必要的，不過……」

至此，森崎頓了頓。

「倘若沒有妳，這趟旅程或許會更枯燥乏味吧。」

——為這趟旅程帶來「滋潤」的人是妳。

雖然腦中浮現這樣的說法，但森崎刻意迴避將其說出口。

要問為什麼的話，或許是因為他認為「自己是為了讓理紗復活而踏上旅途，所以絕不能從中獲得任何滋潤」吧。

「抱歉，變成在說我自己的事。明日菜，妳剛才是想和我說妳父親的事對吧？」

「啊，呃……是的。」

明日菜凝視著捧在手中的芋頭。散發出熱氣，表面灑上少許鹽巴，感覺相當粗獷的料理——不過，就算換明日菜下廚，端出來的東西也沒什麼兩樣就是了。

「所以，對於『爸爸』，我實在有些陌生。還留存在記憶中的，大概只有爸爸以前唱給我聽的搖籃曲——除此之外，我幾乎都不記得了。」

「嗯？」

森崎以視線催促她往下說。

隔了一個呼吸的停頓後，明日菜再次開口。

「我覺得老師……」

她說出來了。所以，接下來也只能把這句話說完。

「如……」

嗓音不自覺地變尖，所以她重新開口。

「——如果我有爸爸，或許……就是像現在的老師這種感覺吧。」

明日菜的聲音愈來愈輕，最後像是漏氣而皺縮的氣球般消失。

「……」

森崎露出極其意外的表情。

然後——

「——別說這種傻話了。」

他不屑地回應，連同自己的思緒一同摒棄。

*

這晚，森崎作了一個夢。

他夢見自己因高燒而昏睡。

留著一頭黑色長髮的理紗坐在床畔，靜靜轉著那個手動式音樂盒。

「真罕見呢，你竟然會發燒。」

發現森崎醒過來的她這麼開口。

「臥病在床這種事，本來應該是我的工作才對呀。」

「抱歉……」

聽到森崎的回應，理紗輕笑一聲。

「如果你這麼想，就答應我一件事吧？」

「……什麼事？」

「在我離開以後，你也要好好過自己的日子。」

事到如今，森崎這麼想——

那時候，理紗便已經對自己的死期有所覺悟了。

不對。

沒能做好覺悟的人，或許只有森崎而已。

「理紗……我下一個任務馬上就能結束。等我回來，我們一起回去我的祖國吧。這麼一來，妳的病一定能……」

「我不是在說這種事情喲。」

理紗溫柔地打斷他的話。

「無論是誰，人類總有一天要離開。」

說著，理紗將音樂盒擱在桌上。

放在裝著大量藥丸的紙袋旁。

「不同的地方，只在於那天來得比較早或比較晚而已。」

他不想聽這些。

「而我，或許會比你早一點點。」

偏偏還是出自於妻子的口中。

「這都是已經決定好的事。」

森崎以極其誠摯的眼神望向理紗。

「理紗……沒有這回事，妳不會離開的。我也不會從妳的眼前離開。」

他溫柔地握住她的手。

「……我不會為了妳離開而做任何準備，絕對不會。」

*

同一時間，明日菜也作了一個夢。

那個夢是關於之前僅僅聽過一次的音樂。

她在那座高台上感受宜人的春風吹拂，打開收音機——

音樂跟著傳入耳中。

聽到這段樂曲的瞬間，雅戈泰的景色浮現在明日菜眼前。

記憶與記憶之間的連繫。

她終於明白了。

「這樣啊……我聽廣播時看見的那片景色，原來就是雅戈泰呢。」

瞬就坐在這麼喃喃自語的她身旁。

他臉上有著一如過往的溫柔笑容。

接著，瞬起身，對明日菜伸出手。

「走吧，明日菜，這是一趟為了理解『道別』的旅程。」

明日菜握住瞬的手起身——

「快起來！明日菜！」

突如其來的呼喚，讓明日菜睜開眼睛。

她無法理解現在的狀況。

森崎站在眼前，一旁的咪咪則是以殺氣騰騰的眼神怒瞪著前方。

前方——

醒過來的明日菜雙眼所見的，是有著異樣外觀的怪物。

——和克查爾特不同。

明日菜一瞬間湧現這樣的想法。但要問她哪裡不同，她其實也答不上來。儘管答不上來，但她知道那不是克查爾特。

怪物全身上下呈現灰色，還生著六隻腳——不對，是四隻。牠以四隻腳支撐軀幹站立，像是挑釁般對森崎一行人舉起剩下的兩隻手，並以鮮紅且空洞的眸子直直盯著他們。

這樣的怪物，包圍了森崎和明日菜。

「準備逃走，明日菜！」

明日菜無法出聲回應，只是讓咪咪跳上肩頭，任憑森崎拉著她的手衝出去。灰色的怪物跟著慢慢移動，以遲緩但確實的動作追趕著明日菜一行人。

他們穿越草原，爬上岩山，從廢墟的這一頭鑽到另一頭。

不知道究竟奔跑了多遠的距離之後。

這一刻終於到來。

「明日菜，快跑！」

「！」

被森崎拉著手的明日菜，跟著他一股勁兒拚命逃跑。

她甚至已經沒有自己在跑步的感覺。只是往前踏出一步，又為了不要跌倒而踏出下一步，就這樣跌跌撞撞地跑著。

然而，一個是極其普通的女孩子，一個是持續在亞魯茨捷利執行任務的男人，兩者間的體力，有著關鍵性的差異。儘管明日菜已經努力了——

被森崎不斷拉著往前跑的她，在他的身後被石頭絆倒。

怪物們沒有放過這一瞬間。

撲上來的怪物大手一揮，讓明日菜和森崎不得已鬆開彼此的手。

這樣一來，後續發展可想而知。無數的怪物逼近兩人身旁。

「明日菜！」

森崎拔出腰間的槍枝開槍。

但他的攻擊對怪物沒有太大的效果。子彈貫穿牠們身體而造成的傷口，全都在下一刻隨即癒合。

「妳快逃！動作快！」

聽著森崎的指示，明日菜再次邁開雙腳。

第七話

森崎馬上察覺到不對勁。
怪物們沒有再次展開攻擊。
（不對——）
倒不如說，像是眼中原本就沒有森崎存在一般，怪物們全都轉去追趕明日菜。
（怎麼回事？我跟明日菜的不同之處——跟明日菜持有歌薇絲碎片有關嗎？）
森崎這麼想。不過，就算能得出答案也無濟於事。
總之，現在必須——
意識到手中的槍枝後，他又想起槍無法對那些怪物造成傷害的事實。
（可惡，亞魯茨捷利的資料中沒有相關內容嗎？快想起來！）
雖然亞魯茨捷利早已知悉雅戈泰的存在，但在照片這種東西問世後，曾經踏入雅戈泰的人——不對，應該說「能踏入雅戈泰，又順利離開的人」沒有半個。被分類在「地表外側」的資料中，有關於克查爾特的情報；但「地表內側」的生物，他們並不熟悉。

（全身呈現灰色，發光的鮮紅色眼睛，銳利的爪子……）

森崎能想到的答案只有一個。

（──夷族嗎？）

身為世界的「規律」之一，相當排斥地表世界和雅戈泰往來的一族。這個族群應該叫做夷族沒錯，牠們的弱點是光和水。不過──

（牠們為什麼鎖定明日菜？）

思考這種問題也沒用。

要水的話，雖然很珍貴，但他的水壺裡還有些飲用水。

雖然不知道效果如何，但至少能當作武器。

可是──

（嘖，明日菜跑到哪裡去了？）

總之，不採取行動，一切都不會開始。

森崎開始狂奔。

（先找到夷族吧，明日菜就在牠們追趕的前方。）

森崎在黑暗中掉頭，朝剛才走來的方向前進。

他穿越廢墟，爬下岩山，來到草原──不對，出現在眼前的是河畔。他深切體會到，人類的方向感此時完全派不上用場。

不過，這種事一點也無所謂。

總之，得找到夷族。尋找紅色的光芒吧。

森崎這麼想著，環顧自己的周遭──

（找到了！）

他習慣性地舉起手槍，接著又想起不是這麼做。

武器是水壺才對。

雖然感覺相當不可靠，但現在也只能相信這種攻擊手段。

先試著靠近夷族──

這時，傳入耳中的聲音讓森崎感到極不尋常。

「噫啊啊啊啊啊啊啊！」

這聽來明顯像是小學低年級以下的幼童發出的尖銳哭聲。

（怎麼回事？）

他隨即發現了。

一個小女孩頹坐在河川正中央。

森崎心想，儘管不知道她是不是刻意跑進河裡，但正因為這樣，小女孩才能得救吧。倘若受到夷族威脅，河川正中央是很安全的地方。

然而——

（為什麼會有小孩子在這種地方？）

現在得去救明日菜才行。

得去救明日菜，可是——

他也不能拋下這個孩子不管。

森崎輕輕「嘖」了一聲，拔腿朝女童衝去。

＊

不知不覺間，明日菜來到一處類似遺跡的地方。

這倒無所謂，只是——

此刻湧現的絕望，幾乎讓她暈眩。

前方是一條死路。

儘管明日菜拚命尋找其他逃跑的道路，但仍一無所獲。怪物們緩緩包圍了她。

沒救了。她這麼想著。

然後做好死亡的覺悟。

當怪物的手即將朝她揮下時——

「明日菜～！」

從上空跳下來的人影，以短刀砍斷怪物的手。

「快逃！用跑的！」

心握著短刀衝向堵在通道上的怪物們，殺出一條血路。

雖然搞不清楚狀況，但明日菜還是追著他的背影衝刺。

「你是……心？」

聽到明日菜這麼問，心露出有些滿足的笑容。

「妳這次沒有搞錯呢。」

暫時甩開那些怪物後，心邊衝下階梯邊說明。

「這裡是夷族的巢穴。」

「夷族？」

「牠們說妳流著汙穢之血，所以想把妳殺害之後吃掉。快點逃吧！」

「你怎麼知道我在這裡？在那之後，我們追著你到雅戈泰……」

「你們給我添了大麻煩呢！」

「什麼啊，我只是想再跟你——」

「別說廢話了，快跑！那些傢伙追過來了！」

「我有在跑啊！」

明日菜邊怒聲回應，邊竭盡全力狂奔。

「心，牠們追上來了！」

「是啊。牠們的弱點是光和水，如果能順利逃到河畔之類的地方就好了。」

隨後——

「可惡！」

腳下的土地硬生生被截斷。

前方是一座斷崖。

明日菜再次湧現「沒救了」的想法。
「——明日菜。」
她甚至無法回應心的呼喚。
不過也只有一瞬間。
「妳身上有歌薇絲的碎片吧？」
「嗯。」
看到明日菜朝自己點頭，心露出不懷好意的笑容。
「如果能順利逃走，妳要把它交給我喔。」
話剛說完——
像過去那樣，心一把抱起明日菜往下跳。
「呀啊！」
遙遠的下方有一條河。
勉強穿過岩石縫隙間的兩人，就這樣墜入河裡。
在河面濺起一道高高的水柱。

＊

「明日菜！喂，明日菜！」

有人呼喚著自己。

感覺全身無力，好想繼續睡下去。

然而，呼喚自己的聲音一直沒有停止。

「明日菜！」

不得已，明日菜睜開雙眼——

映入眼簾的，是森崎一臉擔憂的表情。

「……森崎……老師？」

「振作一點！」

說著，森崎攙扶明日菜起身。

明日菜這才發現天已經亮了。她倒臥在河畔，而且渾身濕透。

「要是沒有小不點，後果恐怕不堪設想……得跟牠道謝才行。」

「……小不點？」

明日菜順著森崎的視線望去，發現咪咪坐在那裡盯著自己。
「是那傢伙領著我找到妳的。」
「……那孩子是？」
發現森崎背上還背著一個小女孩，明日菜出聲問道。
「這孩子也被那群怪物追殺，我不得已就順勢救了她。」
說著，或許是為了掩飾難為情，森崎以中指推了推臉上的鏡架。
「總之，先在這裡生火吧，妳得暖和一下身子。」
在營火旁取暖，喝下咖啡杯裡滿滿的熱開水後，明日菜的意識才跟著慢慢清晰起來。
「所以——他說要妳交出歌薇絲嗎？」
明日菜將昨晚發生的事告訴森崎。
森崎以手掩嘴，看起來像是陷入沉思。
「再加上攻擊妳和這孩子的那群傢伙……我們似乎相當不受歡迎呢。」
說著，他望向已經完全恢復精神、正和咪咪一起玩耍的那名小女孩。
「好啦……該拿這孩子怎麼辦呢？」
女童似乎發現森崎提及關於自己的話題，便跑到他身邊來。她似乎不會說話，只是發出「噠～噠～」的聲音，伸手指向遠方。

「這條河的下游嗎……」

在森崎這麼開口的時候。

「咕……嗚嗚！」

聽到一陣輕微的痛苦呻吟，明日菜才發現靠在一塊大岩石後方休息的心。一道長長的傷口從他的肩膀延伸至胸前。

儘管那是令人不禁想移開視線的光景，但明日菜認為現在不是膽怯的時候。

「心！」

明日菜吶喊著趕到心的身邊。他傷得很重。

「……對了，他還沒醒過來。」

發現森崎朝自己走來，心帶著因痛苦而扭曲的表情猛然起身。

「……唔！你是！」

他一口氣逼近森崎。

「亞魯茨捷利！」

心在距離森崎三步的地方止步，舉起短刀怒聲以對。

為心的傷勢擔憂，以及想化解心和森崎之間針鋒相對的想法，占據了明日菜的整個腦袋。然而，她不知道該說些什麼才好，所以最後仍未能說出半句話。

心以滿是敵意的嗓音怒吼：

「你身上應該有歌薇絲吧！把它交出來，然後離開雅戈泰！」

「為什麼？」

森崎平靜地問道。

心搖搖頭。

「我哪知道理由啊！這就是我的任務！」

吶喊完後，他一口氣縮短兩人間僅剩三步的距離。

「把歌薇絲交給我！」

然而，他的動作實在破綻百出。森崎輕鬆躲開刺向自己的短刀，再以不知何時握在手中的槍枝重擊心的後頸。心就這樣輕而易舉被打趴在地上。

「心！」

明日菜趕到心的身邊，以帶著怒氣的眼神瞅著森崎。

不過，森崎完全不以為意。

「朝那個孩子所指的方向前進吧，或許有聚落存在。」

明日菜想著「只有這一點不能妥協」，開口要求：

「我要帶著這個人一起去。」

「……隨便妳。」

森崎從包包裡取出繃帶和消毒藥扔給明日菜。

明日菜先是替心消毒傷口，再仔細為他纏上繃帶。

（對了，我之前也把自己的領巾纏在瞬的手臂上呢……）

這麼做的同時，明日菜不禁回想起這件事。

＊

心騎的那匹馬幫上了大忙。

或許馬原本便是對飼主相當忠誠的生物吧。聽森崎說，這匹馬一直守在昏過去的心身邊。雖然明日菜也知道馬是一種很聰明的動物，但沒想到牠還這麼忠心，這讓她有些吃驚。

將昏過去的心和小女孩扛上馬背後，森崎和明日菜便朝著河川下游邁開步伐。

走了幾小時，在一行人表現出明顯疲態的時候，他們看見位於下方、被河川和石牆圍繞的聚落。

那個聚落，和森崎、明日菜來到雅戈泰之後見過的任何一座廢墟，都有著明顯的不同。

來自一棟棟木造平房的裊裊白煙，不知是烹煮食物產生的熱氣，又或是生火取暖產生的煙霧。或許有利用風力做些什麼吧，村裡還能看見不停轉動的巨大風車。最外圍的牆壁外頭是寬廣的田野，讓人充分感受到有人生活在這裡的氣息。

「有人……」

聽到明日菜輕喃，森崎點了點頭。

「這是我們第一次看到有人居住的村落，得謹慎行事才行。」

看到兩人牽著馬朝聚落走近，原本在田裡忙著農務的人們，慌慌張張地躲進聚落裡。接著，村裡的人倉促地動了起來，看樣子他們或許無法在和平的狀態下入村。

這樣的預感完全命中了。

不久，三名騎馬的壯漢從聚落深處現身。他們身上披著相同的白色披風，或許是村落的警備隊之類的組織成員，又或者是村子裡地位較高的人物。

壯漢們現身後，村人們紛紛讓出一條路。

「其他人退下！」

聽到男子們喝令，村人們紛紛退後到外牆的深處。

明日菜和森崎朝這幾名男子走去。

接著，女童從馬背上跳下來，開心地朝男子們跑過去。

男子們見狀後，交頭接耳地討論了幾句，但明日菜聽不到他們說了些什麼。

取而代之的是——

「站住！」

在男子的一聲喝令下，明日菜一行人在原地停下腳步。

看起來像是領導人的其中一名男子緩緩走向他們。

森崎和明日菜像是為了保護馬匹般往前方踏出一步。

男子以帶著威嚴的嗓音開口：

「關於兩位護送村裡的孩童回來一事，我們在此致上謝意。然而，你們是地表世界的人，阿瑪樂村無法迎接地表人入內，兩位還是請回吧。」

在森崎猶豫著該如何和對方交涉時，明日菜覺得自己得想辦法做點什麼，於是鼓起勇氣開口。她指著趴在馬背上的心表示：

「能不能請你們至少幫忙醫治這個人？他受傷了，而且還在發燒。」

男子們再次低聲交談。

「……是迦南村的人。」

「為何雅戈泰人會和地表人……」

他們的對話內容傳入明日菜耳中。

但看似領導人的男子卻拔劍喝斥：

「不成！速速離開此地！」

——怎麼這樣，拜託你等一下！

明日菜正想這麼開口時，森崎卻只是搖搖頭，接著便打算離開。

這時——

「請等一下。」

出聲的是一名老人。

蓄著落腮鬍和一頭白髮的他，溫柔地將小女孩抱起。

「歡迎回來，真奈。」

語畢，他走到三名男子身旁，對明日菜一行人說：

「請原諒這些村民無禮的行為。你們拯救了老夫的孫女，能讓老夫回報這份恩情嗎？」

「可是！」

聽到其中一名男子出聲抗議，老人以溫和的語氣回應：

「一晚就好。能給老夫這點面子嗎？」

「……」

儘管看起來仍一臉不願，男子還是將手中的劍收回劍鞘，隨後便掉頭走回村裡。

「往這裡。你們太引人注目了，還是別直接穿越村內比較好。」

說著，老人領著明日菜一行人往自宅前進。

踏進寬廣的住家後，老人先替心療傷。這個家裡擺放著各種藥材——或說看上去像藥材的東西。他將這些藥材搗爛、混合，萃取出藥液，再仔細將它塗抹在心的傷口上。

「他晚點就會退燒。雖然還要一點時間才能自由活動身子，但性命已經保住了，不用太擔心。」

看著仍痛苦呼吸的心，明日菜放心地呼出一口氣。

「太好了……都是託你的福，老爺爺。」

她真心這麼想。

要是沒有這位老爺爺，他們甚至無法踏進村子一步。老爺爺不僅替明日菜一行人說話，還細心地替心處理傷口，感覺她再怎麼鄭重道謝都嫌不夠。

「這是被夷族攻擊而受的傷吧？」

「……應該是。」

「牠們是厭惡光和水的種族，同時是讓世界維持現在這個樣貌的『規律』之一。所以，牠們非常痛恨『異族混血』。」

「異族混血……所以，那孩子是……」

聽森崎這麼說，老人點點頭。

「真奈的父親是地表人。這種事情偶爾會發生。」

「……那是在測試嗎？」

森崎以犀利的視線盯著老人瞧。

老人緩緩地再次點頭。

「當然，老夫本人並不願意這麼做。」

「咦？你們在說什麼？」

明日菜無法進入狀況。雖然她算得上是個機靈的孩子，但森崎畢竟擁有更老道的經驗和人生體驗，或許可以說他觀察入微吧。

森崎以食指推了推眼鏡。

「昨天，我從一處類似遺跡的場所把那孩子救出來。思考一下吧，我們徒步走到這裡一共花了幾個小時？那樣的小孩子，不可能因為迷路而誤闖那麼遙遠的地方。」

至此，明日菜終於明白了。

她帶著沉重的心情開口：

「……意思是……」

在明日菜這句輕喃後，森崎點了點頭。

「嗯。你們是刻意把那孩子丟在夷族出沒的區域，試探她能否平安回到村裡吧。為了測試她是不是『被世界認可的存在』。」

老人沒有肯定或否定森崎的說法。

「跟老夫過來吧。」

他只是短短拋下這句話，便走出房間。

老人的自宅是一棟相當寬廣的木造建築。室內布置的各種紡織物和裝飾品，全都帶有濃濃的民族風，令人印象深刻。這或許可以說是雅戈泰的文化。

「對我們來說，地表人的造訪並不是什麼吉兆。」

走在森崎和明日菜前方的老人繼續說道。

「過去的數百年以來，地表的王族和歷屆皇帝，都持續以武力掠奪雅戈泰的財富和技術。因為，想支配地表世界的話，王族們就需要雅戈泰的知識和寶藏。他們取而代之給予我們的是無數紛爭。比地表世界的任何地方都要來得壯觀的都市，全都因此毀滅。我們地底人的數量也逐漸減少，現在只剩下零星幾個聚落。所以，為了避免地表人再次闖入，我們用歌薇絲的力量鎖住了和地表世界相通的大門。」

老人對森崎投以意味深長的眼神。

「老夫帶您到書庫去吧。」

語畢，他望向明日菜。

「小妹妹，能請妳去那邊幫忙準備晚餐嗎？」

「……好的。」

老實說，雖然明日菜也想繼續聽老人說故事，但她覺得那恐怕不是自己聽了會開心的內容。既然這樣，比起聽這些故事，透過下廚來轉換心情或許還比較好。

明日菜這麼想著，走進老人指示的房間，發現剛才那名叫做真奈的小女孩正忙著撕去豆莢的粗纖維。不知何時跟著溜進屋子裡的咪咪，從小女孩身邊一下子躍上明日菜的肩頭。

「噠～！」

真奈也跑來明日菜身邊，拉著她的手走向餐桌。

這裡的料理基本上跟地表世界的很相似。

一開始是將某種肉類和蔬菜剁碎，再包進類似水餃皮的東西裡。接下來，小女孩拜託明日菜將洛博——一種類似白蘿蔔的蔬菜切塊。這兩項任務，都是明日菜很熟悉的工作。

「啊，不可以啦，咪咪。」

將洛博的外皮削下來後，咪咪或許是對它感興趣，開始過來黏著明日菜。聽到明日菜輕聲喝斥咪咪，不知何時走進房裡的老人發出開朗的笑聲。

「老夫第一次看到亞得利科這麼親近地表人呢。」

「亞得利科？你是指貓咪嗎？」

聽到明日菜的疑問，老人邊幫忙削去蔬菜的外皮邊回答：

「亞得利科指的是有神祇之子寄宿其中的動物。牠們會和人類一起長大，在完成任務後轉化成克查爾特的一部分，永遠活下去。」

「神祇……」

怎麼可能有這種事呢？

明日菜這麼想著。

因為，咪咪可是從小跟她一起長大的貓咪呀。牠頂多因為耳朵比較尖，而被誤認成狐狸之類的動物而已，怎麼可能是神祇。

「真好呢，咪咪，你被誤認成很偉大的生物喔。」

咪咪以一聲「喵嗚～」回應。

「好啦。」

老人在鍋子下方生起火，然後把真奈抱起來。

「在飯菜做好之前，妳能幫忙帶真奈去洗澡嗎？」

明日菜臉上瞬間浮現摻雜著吃驚和欣喜的表情。

「洗澡？」

＊

不可思議的是，雅戈泰的泡澡文化幾乎和日本沒兩樣。以石子砌成的浴池裡注滿熱水，水面上還漂浮著一些類似香草的植物，跟明日菜日常的泡澡幾乎沒什麼差別。

「呼～～～」

讓肩膀以下全都浸泡在熱水裡後，明日菜重重呼出一口氣。來到雅戈泰之後的漫長旅程所累積的疲憊，彷彿都在這一刻煙消雲散。

「泡澡真的是很厲害的一件事耶。」

「？」

聽到明日菜這麼說，真奈露出一臉呆愣的表情。

見狀，明日菜帶著微笑回答：

「感覺連生命都一起洗滌了。」

不過，就算對真奈說這種話，她應該也無法理解吧。

明日菜心想。

聽說，世界上——在地表世界——也存在著沒有泡澡習慣的國家。她覺得自己不是出生在這種國家真是太好了。泡澡可以同時讓肉體和心靈獲得療癒。印象中，好像還能刺激副交感神經之類的，但明日菜對這方面的知識不太了解。

總之……

「好，真奈妹妹，我得幫妳洗澡才行。」

儘管無法奢求洗髮精或潤髮乳一類的東西，但這裡至少有雅戈泰式的肥皂。明日菜用它清洗了自己和真奈的頭髮及身體。

充分讓身子泡暖後，明日菜換上老人準備的雅戈泰風格衣物。樣式寬鬆、以素面布料剪裁而成的這套服裝，感覺有點像西藏地區的民族服飾（如果她沒記錯的話）。至今都只能用河水清洗的衣服，也終於能夠用肥皂搓洗乾淨。之前穿過的衣物，現在全都等著被晾乾。

這時，或許是等不及明日菜把衣服穿好，還沒徹底擦乾身體的真奈，就這樣從更衣室跑出去。

「啊，真奈，等一下！」

明日菜追著真奈跑出去，正要經過客廳時，差點一頭撞上森崎。

「啊，老師。」

心情很好的明日菜在原地轉了一圈。

「好看嗎？這套衣服是老爺爺借給我的。」

再怎麼說，明日菜也是個女孩子。這陣子以來，一直維持著「普通」又髒兮兮模樣的她，現在變得乾乾淨淨又換上一襲新衣，自然希望能獲得誇讚。

然而，森崎只是以看到珍禽異獸般的眼神，從頭到腳打量明日菜。

「不適合妳呢。」

他拋下這句話之後就離開了。

「……真是的，什麼跟什麼嘛。」

第八話

洗完澡的明日菜小憩片刻後，晚餐準備好了。

看著整齊擺放在桌面上的碗盤，實在很難不感動。畢竟這段時間以來，在營火旁以樹葉充當餐具進食，已經是明日菜和森崎所能做到的極限。光是「正常的一餐」，就足以成為她眼中無與倫比的美饌。

明日菜再也按捺不住。

「我要開動了！」

語畢，她將類似肉丸子的食物塞進嘴裡，捧起碗拚命扒飯。

太好吃了。

感覺世上沒有其他比這個更美味的東西。

淚水從明日菜的眼角滲出。

「……別哭了，好好吃飯。」

森崎有些傻眼地規勸。但就算他這麼說，這些飯菜實在是太過美味了，所以明日菜也無可奈何。她接著將蔬菜送進口中，並且說道：

「因為太好吃了嘛。」

說完，她又繼續大快朵頤。

每一道菜都真的、真的美味到極點。

不同於明日菜，一旁的森崎平靜地嚥下食物。

「老先生。」

森崎開口。原本只有用餐聲音的室內，一瞬間被沉默籠罩。

「……」

「能請你回答我剛才提出來的問題嗎？」

剛才提出來的問題？

明日菜正感到好奇時，老人出聲回應了。

「雅戈泰禁止讓死者復活的行為。」

讓死者復活。

對了，這麼一說，差點都忘了——他們正是為了這個目的，才會踏上這麼艱辛的旅程。竟然險些忘記這件事，真是粗心又愚蠢。

森崎犀利地追問：

「既然遭禁止，代表這種事情真的能夠實現吧？」

明日菜心想，原來如此，確實是這樣。如果是無法實現的事，一開始就沒有理由加以禁止。正因為可能實現，才會被禁止。

禁止讓死者復活。

——有辦法讓瞬死而復生嗎？

明日菜懷著滿心的期待和不安，等待老人的下一句話。

老人邊將茶水倒入杯中，邊開口說道：

「生與死，都是世界的某種巨大洪流的一小部分。人類不能影響這樣的洪流。這是不被允許的行為，不會為任何人帶來幸福。」

然而，森崎沒有因此死心。

事後回想，明日菜覺得這也是理所當然的。

畢竟，來到這裡的他，好不容易才有機會伸手擷取十多年來努力的成果。

「到底要獲得誰的允許！這種聽起來冠冕堂皇的理由，地表世界也到處都是！我想知道的是，要去哪裡、怎麼做，才能和已逝的人重逢。就只是這樣而已！」

老人緩緩閉上雙眼片刻。

對明日菜來說，這是一段相當沉重的靜默時光。

最後，老人抬起頭來。

「悼念死者是正確的，然而，持續憐憫死者和自身，則是錯誤的行為。您的執迷不悟，將年幼的少女也捲進來。」

「明日菜是基於她自己的想法，才會來到這裡！」

「那、那個！」

明日菜試著強行介入兩人的對話。

「我——」

不過，終究只是白費力氣。

森崎再次發出怒聲。

「你們只會一味尊崇不知名的存在！就像這樣，默默躲在地底過了兩千年！所以才會滅亡！」

「……」

老人沉思半晌後——

「小妹妹。」

突然開口向明日菜搭話。

「不好意思，能請妳去看看那名少年的狀況嗎？」

明日菜明白，這番話的言下之意，是要她暫時離席。

她還想聽兩人繼續這個話題。

不過，這只是自己任性的想法吧。

「去吧。」

森崎跟著出聲催促，明日菜只能從座位上起身。

她依照老人的指示，前往心熟睡的房間——然後在房門外停下腳步，掏出放在口袋裡的小鏡子，將自己的瀏海弄整齊。

明日菜也不明白自己為何要這麼做。

她輕輕打開房門，踏進房裡。

原本睡著的心，察覺明日菜進入房間後，隨即清醒過來。

「妳這身打扮……」

他開口說道。

明日菜的心臟重重跳了一下。

心馬上就發現她穿著和平常不同的服裝，這讓明日菜有點開心。雖然森崎說不適合她，但應該只是因為他看不習慣雅戈泰的服裝罷了。心會怎麼說呢——

「不適合妳呢。」

原本懷抱的期待，此時讓明日菜的怒氣加倍。

「什麼啊！竟然這麼說！」

看到她鼓起腮幫子怒吼，心忍不住笑出來。

隨後，他露出極其認真的表情問道：

「為什麼救我？」

「咦……？」

「為什麼要把我救起來？」

為什麼要救他？

眼前出現傷患，想幫助對方不是理所當然的事情嗎？

「你之前也救了我呀。」

聽明日菜這麼說，心的語氣突然激動起來。

「我只是被迫替哥哥收拾爛攤子而已！」

「替瞬……」

她不知道心的行動理由是什麼。

但心之前說過，回收被瞬帶到地表世界的歌薇絲是他的任務。他現在指的，或許就是這件事吧。

心勉強撐起上半身——然而，他像是被某種看不見的力量壓制在床，完全無法抬起身子。

「心！」

明日菜擔心地想要上前攙扶卻被心推開，不過，因為心無法靠自己的力量起身——

「！」

心輕輕哀號了一聲，再次倒回床上。

「你還不能太勉強自己啦。」

儘管明日菜打從心底擔心他，心卻仍繼續逞強。

「你們不能待在這個地方。」

他這麼宣言。

凌亂的瀏海遮住他的雙眼。

所以，明日菜沒能窺見這一刻他是什麼樣的表情。

「我應該讓夷族殺掉妳，之後再奪走妳身上的歌薇絲就好——不對，我當初就應該在地表世界，把妳和那些亞魯茨捷利一起殺掉！」

明日菜說不出半句話。

她不知道是什麼讓自己大受打擊，不過——

她非常不願意聽心說出這種話。

「……妳出去。」

「心……」

「滾出去！」

心怒吼。

明日菜默默走出房間。

心情好沉重，感覺某種黑色的東西在胸口打轉。

回到客廳後，看起來在那裡等著她的森崎表示：

「我們明天一大早就要出發了，早點睡吧。」

語畢，他便走進分配給自己使用的臥房。

「……」

因為思緒一團亂，明日菜實在很想找人說說話，便走向老人。

老人正在收拾晚餐的碗盤。

背對著明日菜的老人——

「抱歉啊。」

這麼說道。

「老夫也沒辦法收留地表人太久。」

＊

明日菜躺在床上，遲遲無法入睡。

她發現咪咪輕快地跑進房裡。或許是因為反射夜晚的燈光，咪咪的雙眼透出綠色的光芒。

咪咪溫柔舔去靜靜從明日菜臉頰滑落的淚水。

*

心獨自躺在床上，以能夠自由活動的那隻手遮住自己的臉。

一行淚水滑落。

心輕喃：

「哥哥……」

*

老人獨自在暖爐旁抽著菸斗。

清脆的三聲敲門聲傳來。

接著是說話聲。

「老先生，不好意思，在這種深夜打擾你。」

不過，老人似乎早已預料到他的來訪。

「進來吧。」

聽到老人答應，森崎打開房門，踏入室內。

「有什麼事嗎？」

「我有兩件事想跟你確認一下。」

他正打算繼續往下說時——

「您先坐下來吧。」

在老人催促下，森崎在一旁的椅子上坐下。

「要喝杯茶嗎？」

「不用麻煩了。」

森崎以盡可能不失禮數的語氣回絕老人的好意。

「剛才，你提到夷族厭惡『異族混血』一事。」

他以這個話題起頭。

光是這樣，老人似乎就已察覺到森崎想說的話。但他終究沒有答腔，只是讓森崎繼續往下說。

「因為那個小女孩是雅戈泰人和地表人的混血，所以才會遭到攻擊。」

「……我明白您想問什麼。」

老人將菸斗的火熄滅，接著起身。

「就算得到答案，也無法讓任何人幸福。」

「……」

森崎沉默思考了半晌，最後同意老人的說法。

「或許真是這樣呢。」

接著，他從胸口取出香菸。

「噢，我可以抽菸嗎？」

「無妨。」

森崎點燃手上的菸。

他緩緩吸了一口，待煙霧揚起後……

「還有另一件事讓我很在意。」

「……什麼？」

「是你在晚餐時說過的話。老先生，你說讓死者復活，無法讓任何人得到幸福。當下，因為我一時怒氣沸騰，沒能察覺到這一點。不過，冷靜下來後，我愈來愈覺得這句話的意思不單純。」

接著，森崎開口：

「有人曾經打破這項禁忌對吧？我希望能和對方見一面。」

第九話

天亮了。

在老人的帶領下，明日菜和森崎來到村裡停靠船隻的港口。

「坐這個離開吧。」

老人這麼表示，將一艘類似獨木舟的小船借給兩人。

明日菜沉默地和老人緊緊擁抱，後者輕輕拍了拍她的背。

「我過了一段彷彿女兒又回到身邊的時光呢。」

對明日菜來說亦是如此。

明日菜對於祖父母一無所知，不過，倘若她有個爺爺，或許就是這種感覺吧。因此，這樣的離別讓她格外難受。不對，也或許並非如此，單純是她觸及了來到雅戈泰後，一直未能接觸的東西——除了森崎以外的人帶來的溫暖。或許是這方面的影響很大吧。所以，要告別這樣的溫暖，讓明日菜倍感煎熬。話雖如此，但她現在也無法判斷自己真正的想法為何。

「老爺爺……還有真奈，你們要保重喔。」

說著，在老人之後，明日菜又和真奈相擁。

老人以慈祥的眼神看著她，隨後望向森崎說：

「約莫花上一天一夜的時間，就能抵達您想見的那個人居住的村落。接著，再花一天一夜划船，就會抵達湖泊。到了那裡，就離你們的目的地很接近。」

「非常感謝。」

昨天吃完晚餐後，這兩人究竟又說了些什麼？

明日菜不禁有些好奇。

「明日菜。」

在森崎催促下，她也坐上小船。

儘管希望能有更多好好道別的時間，但要是這麼做，明日菜覺得他們可能會遲遲無法出發。這麼一想，她就比較能接受森崎近乎無情的態度。或許，森崎其實也同樣感到落寞吧。

明日菜轉頭。

「來吧，咪咪。」

她呼喚坐在真奈頭上的咪咪。

不過，咪咪只是回以一聲「喵嗚～」，沒有要從真奈頭上離開的意思。

就在明日菜有些焦躁地看著咪咪時——

「這孩子或許已經完成牠的職責了。」

老人這麼表示。

明日菜聽不懂他在說什麼。

「咦……」

她只能這麼輕喃。

老人以和昨天同樣溫和的語氣繼續往下說。

「人類無法左右亞得利科的意志。」

……亞得利科。

咪咪理應不是如此偉大的生物才對。

牠只是一隻普通的貓。可是——

「怎麼會……我們不是一直都在一起嗎！咪咪！」

即使聽到明日菜悲痛的吶喊，咪咪仍不為所動。
然後，這次也是森崎開口斬斷了明日菜的依依不捨。
「……明日菜。」
他以平靜的語氣喚道。
「看來也只能接受這樣的結果。老先生，麻煩你照顧了。」
下一刻，小船無視明日菜的心情，緩緩移動。
「咪咪！」
現在還可以。
現在還來得及跳到這艘船上。
她這麼想著，繼續開口呼喚。
「咪咪！」
然而，咪咪只是一動也不動地看著她。
「老師，等一下！我……」
咪咪的身影愈來愈遠。
變得愈來——愈遙遠。

「……真奈！咪咪就拜託妳了！咪咪！你要乖乖聽真奈的話喔！」

然後——

「再見……」

明日菜最後的輕喃，或許連同船的森崎都未能聽見。

＊

之後，這趟船上之旅相當順利。

森崎靜靜地划著船，和明日菜一同眺望河畔的零星村落、廢墟、荒地和草原，慢慢往河川下游前進。這條河川的水質相當澄澈，可以看見魚群在下方悠游的蹤影。

「老師。」

在這樣的旅程持續幾小時後，明日菜以平靜的嗓音開口。

「……」

森崎沒有特別出聲回應她，只是靜靜地繼續划動船槳。

「你還記得之前的講課內容嗎？就是伊邪那岐和伊邪那美的神話。」

「嗯。」

或許是在意這個話題，坐在船尾的森崎停下划船的動作，從懷裡掏出香菸點燃。

「我很想知道結局，所以就到圖書館看完了後續的故事。」

從香菸冒出的煙霧靜靜地、靜靜地消散在空氣中。

「伊邪那岐在地底世界看見的，是已全身腐爛、樣貌變得非常嚇人的妻子……就算這樣仍讓死者復活，是正確的行為……嗎？」

森崎沒有回答她的疑問。

又或者，森崎本人也沒有能力斷言——明日菜試著這樣解讀他的反應。

森崎叼著菸開口。

「這趟旅程愈來愈靠近終點了。想在生死之門尋求的東西，必須靠妳自己做決定，明日菜。」

靠自己做決定。

想尋求的東西。

那或許是讓瞬復活，也或許是讓自己的父親復活。然而，亦有可能兩者皆非。那麼，自己究竟是為了什麼，才會踏上旅途？

就連明日菜本人也不明白。

＊

漫長的夜晚結束，黎明跟著到來。

發現一處小型的停泊港後，森崎將小船停靠在那裡。

「老師。」

「怎麼？」

「我一直忘記問，你想見上一面的那個人是誰呢？」

森崎邊用繩索將小船固定在岸邊，邊回答明日菜：

「這個村子裡，似乎有個曾成功讓人死而復生的人物存在。雖然我讀過很多文獻，也從老先生那裡聽說了相關情報，不過，前來向有經驗的人請教，應該能獲得更多值得參考的意見。」

說著，他從河畔步向村落。

跟阿瑪樂村相較之下，這個村落的規模壓倒性地小。
明日菜和森崎披上老人送給他們的外衣，踏入村子裡。
「打擾了，我們是針對『讓死者復活』一事進行研究的人。」
如此向一名村人搭話後，對方隨即變得面有難色。
「不好意思，我什麼都不知──」
「這個村子裡住著曾讓死者成功復活的人吧？」
森崎以強硬的語氣再次開口。
他判斷，只要捉住對方的把柄，就無須再多費唇舌。
這樣的策略似乎成功了，村人低下頭回應：
「可別說是我告訴你們的喔。」
森崎點點頭。
「去問住在那座森林入口處小屋裡的女人吧。我只能說這麼多……」
「不，這樣就夠了，謝謝。」
向村人聊表謝意之後，森崎快步朝森林所在的方向走去。
「那個，老師……」

「……什麼事？」

此刻，明日菜的內心滿是茫然與不安。

不過，面對轉過頭來的森崎，她卻不知道該說些什麼好。

「不……沒什麼。」

「走吧。」

他們隨即發現了村人口中的小屋。

因為座落在森林入口處的建築物，就只有這一棟。

其他民房四周都有看似用來抵禦外敵的木造牆壁，只有這間小屋沒有，彷彿遭到排擠一般。

「唔……看起來別有隱情。不對，既然所有村人都得知她觸犯了讓死者復活的禁忌，這或許也是理所當然的。」

「……」

要造訪這間小屋，果然還是讓明日菜湧現了近似恐懼的想法。

儘管如此，森崎仍沒有半點猶豫。

愈是靠近，小屋的樣貌也愈發清晰。這是一間殘破到令人懷疑是否真有人住在裡頭的房子。

森崎來到玄關外，伸手輕敲大門三下。

「不好意思，有人在家嗎？」

森崎開口後，過了片刻。

「……有什麼事嗎？」

一個帶著滿滿戒心的女性嗓音回應他。

「——請問……」

森崎伸出右手阻止正打算開口的明日菜。

「安靜，妳不用說多餘的話。」

「……是。」

雖然有些不滿，但明日菜馬上覺得這麼做也好。因為她判斷森崎的溝通能力會比自己更優秀。

這樣的判斷似乎是正確的。

「我們是針對『讓死者復活』一事進行研究的人。聽說，住在這間屋子裡的人，有成功讓死者復活的經驗。能讓我進去請教一些事情嗎？」

「……」

這次，對方隔了幾秒才出聲。

「不好意思，這間屋子裡沒有曾讓死者復活的人物。」

森崎以拳頭猛力敲了大門一下。

「這件事已經連阿瑪樂村的人都知道了！」

他提高音量駁斥後——又輕輕搖了搖頭。

「抱歉，我就老實說吧。」

他盡可能以平靜的語氣往下說。

「我說自己在進行讓人死而復生的研究其實是騙人的，我只是想讓自己的亡妻復活，所以才想收集相關情報。」

「——」

隔著大門，可以感受到女子在另一頭屏息的反應。

「不好意思，能讓我進去請教一下嗎？」

大門在一陣尖銳的摩擦聲中緩緩打開。從後方露臉的，是一名膚色白晰到病態程度、看似二十來歲的女性。

＊

一如它的外觀，小屋裡同樣殘破不堪。

老實說，明日菜還是覺得有點害怕又不舒服，但她盡可能佯裝平靜，避免將這些情緒表露在臉上。女子將簡陋的坐墊鋪在腐朽的木頭地板上，等明日菜和森崎坐下後，自己再坐在兩人的對面。

「我叫做森崎龍司。」

森崎先是向女子自報姓名。

「為了讓十年前過世的妻子復活，我從地表世界來到這裡。」

「！」

森崎為什麼選擇坦誠相對？

明日菜心想，或許是想對這名女子表現出自己誠懇的心意吧。不過，說實在的，也可能只是因為森崎判斷「對村人道出事實，八成會引發軒然大波；但告訴這名女子，就不會有問題」而已。

「你是……地表人嗎？」

「是的。」

「如同我剛才所說，這間屋子裡並沒有曾經讓死者復活的人物。」

聽到女子這麼表明，森崎正想再次開口，對方又接著往下說。

「這間屋子裡，只有被戀人施加咒術而復活的人。」

森崎不禁停止呼吸。

明日菜一下子沒能理解這句話的意思。

「你知道讓死者復活，需要付出代價一事嗎？」

「……代價？」

女子點點頭。

「抱歉還沒向兩位自我介紹。我是娜米，我的戀人叫做伊布。我是在五年前死去。」

向死者本人討教，實在是相當不可思議的事情。這恐怕是待在地表世界無法體驗到的事。

「那麼，妳說的代價是……」

聽到森崎切入正題，女子微微垂下頭。

「首先，掌管死亡的神祇，並不會不求回報地拯救人類。要是這麼做，人們會打破死亡的概念，阻礙巨大的生命洪流。」

「唔……」

這是——

明日菜認為，這是可想而知的事。

如果死亡從這個世界上消失，地球可會變得人滿為患。

——其實，森崎和娜米還聊了一些更加艱澀的話題，但對還只是小六生的明日菜來說，這種程度的理解，已經是她的極限。

「所以，想要逃避死亡，必須付出沉重的代價。過去——」

至此，娜米頓了頓。

「過去，在地表世界和雅戈泰被歌薇絲阻絕之前，有很多地表人來到這裡。」

「為了追求雅戈泰的知識和財富。」

森崎接腔。

「關於這些，我聽阿瑪樂村的老人說過了。」

面對想催促自己快點切入重點的森崎，娜米仍緩緩地繼續這個話題，或許她認為這是有必要一提的內容。

「地表人前來雅戈泰尋求的巨大力量之一，就是長生不老。但因為這同樣需要付出相當大的代價，所以無人能成功獲得這樣的力量——除了極少數的例外。」

「例外——妳是說，真的有人獲得不老不死的力量？」

聽到森崎錯愕的嗓音，娜米點點頭。

「某個應該已經殞命的偉人其實還活著——地表世界是不是存在著這樣的傳說呢？」

明日菜開始思考。

她的腦中一瞬間浮現源義經的傳說，卑彌呼好像也是如此。

雖然明日菜大概只想得到這兩人，但森崎仍點頭回應娜米。

「確實聽說過一些。日本——我所居住的國家便有這樣的例子，如果放眼全世界，應該有更多數不清的例子。」

「我無法證明那些人是否真的都獲得長生不老的力量，不過，確實有人類在付出龐大的代價後，變得能夠長生不老。」

娜米這麼表示後，森崎有些不耐煩地開口：

「妳從剛才就一直提及『代價』一詞，卻完全沒有解釋它的內容為何。想讓死者復活，到底必須付出什麼？」

「這會因時間、場合與個人而異。」

說著，娜米露出莫名悲痛的表情。

一瞬間，森崎感到有些猶豫。

不過，他最後仍選擇問出口。

「伊布先生現在不在這裡，也和這點有關，是嗎？」

娜米緩緩點頭。

「讓我復活的代價，就是那個人的性命。為了我，他拋棄了自己的性命。」

明日菜不禁覺得——

這是多麼殘酷的事啊。她首先聯想到的，是歐·亨利的著作《麥琪的禮物》。當然，相較這個溫馨的故事，娜米和伊布的經歷要來得悲慘又令人心碎。

「這麼做明明沒有任何意義。活在沒有他的世界裡，有什麼意義呢？我只是——」

「希望他繼續活下去而已。」

*

森崎和明日菜回到小船上。

在那之後，兩人都沉默不語。不過——

明日菜不自覺地輕聲開口。

「讓死去的人復活，是正確的事情嗎？」

「……」

森崎沒有答腔。

明日菜再次以微弱的音量說道：

「明明不知道對方想不想復活啊。」

「……關於這點……」

森崎邊將小船往外划，邊這麼回應。

「不讓對方復活，又怎麼會知道？」

第十話

迴盪在室內的哭聲，讓心睜開雙眼。

他已經恢復到能夠自行起身的程度。儘管覺得身子仍有些沉重，心還是爬下床，走向哭聲傳來的地方。

他看到老人守在哭泣的真奈身旁。

咪咪縮成一團躺在真奈的懷裡，一動也不動。

死掉了嗎——心這麼想。

要是明日菜得知，一定會很難過吧。

老人以平靜而溫和的嗓音開口：

「牠已經結束在這個世界的任務，必須前往另一個世界了。連同那個小妹妹的份一起，盡情為牠哭一場吧。」

等真奈停止哭泣後，老人領著她和心來到村落外的一片草原。這片感覺寬廣無際的草原上，有著唯一一座岩石平台。真奈遵循老人的指示跑到平台旁，溫柔地將咪咪的遺體放在平台上頭。

「馬上就會過來了。」

老人這麼表示。過了片刻後——

心發出驚嘆聲。

「那是……克查爾特！」

一頭克查爾特從草原的另一端緩緩走來。全身呈現膚色的祂，有著類似人類——卻比人類巨大好幾倍的軀體。祂的身上同樣有著克查爾特獨特的幾何圖形。

「這麼古老的……」

克查爾特並不在意心的吃驚反應，只是走到平台旁，捧起咪咪的遺體——

然後扔進自己口中。

老人以莊嚴的語氣表示：

「每個生命都會像那樣，成為更巨大存在的一部分。」

「……明日菜有辦法這麼想嗎？明明是自己重視的存在死去了啊。」

此刻心說出的這句話，可是一般雅戈泰人絕不會做出的發言。

「老先生，關於現世的生命是多麼脆弱、多麼不具有意義一事，雅戈泰這個地底世界了解得太過透澈了，所以才會慢慢步向滅亡——會不會是這樣呢？」

聽到心這麼說，老人有些吃驚地睜大雙眼，但隨後又恢復原本溫和的笑容。

「你不夠成熟的地方，跟那個來自地表世界的男人有點相似呢。」

他這麼說道。

——我跟亞魯茨捷利的那個男人相似？

不過，心自己也明白，他剛才說的那句話，是雅戈泰土生土長、一直生活在這裡的人不會做出的發言。

他受到了那兩個地表人的影響。

「……唔！」

心無言以對。

就在這時候——

「那是……」

穿著貫頭衣、之前在村落入口將森崎和明日菜擋下的三名壯漢，騎著馬離開村子。看著他們遠去的心，隨即察覺到一件事。

三人的腰間，都垂掛著危險的東西。

「他們帶著長槍！」

聽到心這麼說，老人無奈地搖搖頭。

「就算得取其性命，他們也想阻止那兩個地表人嗎？」

接著，老人望向心。

「跟你的職責相同呢。」

正是如此。

就算得殺死那兩個地表人也無妨，總之，必須阻止他們。

阻止他們闖入雅戈泰世界的深處。

「……唔！」

心拔腿狂奔，衝回老人家中，迅速在馬廄裡認出自己的馬，跳上馬背。他準備騎著馬衝出去時——

「你打算做什麼！」

老人喚住他。

阻止地表人是自己的「職責」，所以，他要自己動手——心壓根兒沒想過這些。

自己想做什麼？該怎麼做才好？又應該怎麼做？

他對這些完全沒概念，只是搖了搖頭回答：

「我不知道！可是……」

在心的一聲喝令下，馬兒開始前進。

——不能丟下明日菜不顧。

——必須幫助她才行。

心的腦中只有這樣的念頭存在。

他轉頭朝老人大喊：

「老先生，我一定會回報你這份恩情！喝！」

心鼓起幹勁，握緊手中的轡繩下令，愛馬隨即在草原上全速衝刺。

＊

這條河愈變愈細，最後延伸至某座岩山旁的湖泊中。

放棄以小船前進的森崎和明日菜，開始攀爬眼前的岩山。

「就在這座山脊的另一頭。」

森崎轉頭對明日菜這麼說。

明日菜心想，就快到了呢。

這趟旅程也快要結束了。

這趟痛苦的旅程，再過不久就要結束了。

可是，為什麼自己卻覺得如此「不開心」呢？

「在夷族出現之前，加快速度趕路吧。」

就在森崎這麼說的時候——

明日菜偶然察覺到了。

「……」

「怎麼了？」

雖然一瞬間被森崎的聲音蓋過，但她剛才確實——

「老師，你有沒有聽到什麼聲音？」

森崎環顧周遭。

附近只有一陣陣風呼嘯而過的聲音。

——不對。

還有一些雖然不熟悉，但只要仔細聽，馬上就能分辨出來的——

愈來愈接近的馬蹄聲。

而且是從意外靠近他們的地方傳來。

因為這座岩山地形起伏很大，讓他們沒能即時發現有馬匹逼近——話雖如此，但就算早點察覺到，或許也不見得能採取什麼因應對策。

阻擋森崎和明日菜進入阿瑪樂村的那些男子，騎著駿馬現身了。

即使從遠處看去，也可以知道他們不是為了和平解決問題而追上來。男子們身上都帶著武器。總之，得繼續往前走才行——森崎想著。

「明日菜，快跑！」

催促後，他也拔腿奔跑。

森崎和明日菜匆匆攀上岩山的壁面。

這時，一名仍騎在馬背上的男子，拔出腰間的長槍朝他們開槍。

幸運的是——或許可以這麼說吧——子彈只是射到地上，將地面的石頭擊飛。又或者，對方只是為了恫嚇兩人而開這一槍。

森崎拉著明日菜的手，引導她躲入大小適中的岩石後方。

該怎麼辦才好？

在腦袋一片空白的明日菜眼前，森崎掏出懷裡的手槍。

「妳躲在這裡。馬上就會結束了。」

語畢，他隨即開槍反制。

接著是一場槍林彈雨。

子彈沒有命中敵我雙方，只是不斷以分毫之差掠過彼此的身體。

「老師！」

不可以殺人。

或許也猜到明日菜想說什麼，森崎簡短回一句：

「他們可是打算殺掉我們倆呢！」

語畢，他企圖擊發下一顆子彈時——

一把短刀突然射來，將森崎手中的槍枝彈飛。

這個攻擊來自完全出人意表的方向。森崎雖然沒能閃避，但也沒有因此受傷。這記飛刀不偏不倚地瞄準他的手槍，可見投擲者身手非凡。

「什麼！」

森崎驚叫一聲，明日菜也吃驚地望向飛刀射來的方向。

「喝！」

——出現在眼前的，是騎著馬衝向這裡的心。

他直接從仍在奔馳的馬兒背上跳下，撿起剛才彈飛森崎手槍的短刀，擺出備戰架勢。

他像是為了保護森崎和明日菜似地站在兩人前方，和阿瑪樂村的守衛相對。

「心！」

「別做這種多餘的事！」

明日菜和森崎不約而同地開口。

心則是以強硬的語氣回應兩人。

「不要殺害任何人！這只會加深雅戈泰的憎恨而已！」

心是在幫助他們嗎？

那時候，他明明說「當初應該殺了地表人才對」。

眼前所見的事實，讓明日菜非常、非常開心。

和心對峙的阿瑪樂村守衛從馬背上跳下來問道：

「你是迦南村的人吧。為什麼要袒護地表人？」
「這兩個人救了你們村子裡的小女孩！是有恩於你們的人才對吧！」
「放任地表人進入雅戈泰，只會讓他們成為招致毀滅的火苗。不能留下禍根！」
男子怒吼，然後舉起長槍——
心從正面朝他衝過去。
往旁邊閃開子彈後，心一口氣逼近男子。他以短刀彈飛對方的長槍，男子接著以一記側踢稍微拉開兩人的距離，而後跟著拔刀，朝心猛力一揮；心則以短刀擋下，讓攻擊軌道偏移，然後閃避。
一回合、兩回合、三回合。
男子的劍很重，心的短刀很輕。
儘管交鋒的兩人看起來勢均力敵，但心逐漸趨於劣勢。
「心！」
明日菜出聲呼喚，但被森崎以右手制止。
心大聲回應：
「這是還你們人情！快走！」

他吶喊著使出的一擊，這次順利壓制住男子的劍。雖然武器的重量不如對方，但論速度的話，是心占上風。有速度加乘的攻擊十分強勁，絕不會因此敗陣下來——才對。

總之，現在照心說的話去做吧——明日菜下定決心。森崎牽起她的手，對她露出帶著男子氣概的笑容，兩人再次攀爬起岩山。

四回合、五回合、六回合。

心的短刀和男子的劍持續交鋒，彼此都不肯退讓一步。

同行的另一名男子正打算從旁繞過這兩人時——

心以短刀擋下男子的長劍，並利用這股反作用力跳起，在打算去追殺明日菜等人的男子面前落地。後者雖然拔劍準備應戰，卻被心的一記迴旋踢狠狠命中下顎。待男子應聲倒地後，心一個翻身，再次回到原先的戰鬥當中。

最先和他交手的男子一笑。

「還真不好對付啊。」

「請讓我來吧。」

說著，第三名男子下馬，拔出腰間的長劍。

心邊調整自己紊亂的呼吸，邊逼近這名男子。

＊

從混戰中逃走的森崎和明日菜，終於順利登上山脊。

在這片染上黃昏色彩的天空下，森崎站在氣喘吁吁的明日菜面前表示：

「這就是這個世界的盡頭，菲尼斯．特拉。」

呈現在眼前的光景是——

一直延伸到遙遠的地平線彼端，一座非常、非常、非常巨大的狹長型洞穴。

森崎開始從洞穴的邊緣往下爬。

「動作快，別讓那名少年白費力氣。」

明日菜只能跟著森崎往下。然而——

前方是一座名副其實的斷崖，深不見底，只有整片岩壁不斷往下延伸。

有如絕望的象徵。

自己絕對無法從這種地方往下爬——儘管明日菜這麼想，但森崎已經卸下身上的行囊，以若無其事的語氣對她說：

「我們要從斷崖爬下去，盡可能減輕身上的重量。」

明日菜戰戰兢兢地探頭朝洞穴裡望去。

就算是攀岩專家，恐怕也無法從這裡爬下去吧？

這是過了很久很久以後，回想起這座洞穴的她所浮現的感想。

但此時，明日菜感受到的，只有單純的、來自生命源頭的某種情感——恐懼。

她甚至一陣腿軟，在原地癱坐下來。

「……我做不到。有沒有別的地方可以……」

森崎冷冷地打斷明日菜的央求。

「沒有那種閒功夫了。一旦天黑，夷族就會開始活動。走吧。」

「！」

森崎以雙手攀著岩壁，謹慎地一步步往下。

明日菜急忙卸下身上的行李。

「老師！」

森崎不斷往下爬。

明日菜也打算跟上他，但是——

從洞穴底部颳來的強風，幾乎將她整個人吹起來。
「明日菜！」
森崎在千鈞一髮之際出手救了她。
兩人再次回到岩壁上方。
明日菜因為全身癱軟而趴在地上。
她無法克制淚水溢出。
打從出生以來，這或許是明日菜頭一次深切感受到自己的無力。
她想，自己為什麼這麼沒用呢？
好不容易旅行到這裡，終點就近在眼前，她卻不敢衝向那條終點線。這讓明日菜相當不甘心。可是，做不到的事情就是做不到，她無力解決。
「明日菜。」
森崎開口輕喚。
「……」
明日菜抬起頭，任憑眼淚不斷從臉頰滑落。
森崎以溫柔的嗓音開口。

「聽我說。穿越峽谷海、踏上旅程，成功來到這個世界深處的妳，一定能夠克服這座斷崖。不然，妳是為了什麼來到雅戈泰？」

他的眼神也無比溫柔。

——就像一名凝望著女兒的父親。

但明日菜還是搖搖頭。

這也是無可奈何的。

那可是連成年人都會躊躇不前——或說會讓成年人基於自身的判斷力，而選擇舉手投降的斷崖——並不是年僅十一歲的少女能夠挑戰的目標。

「——沒辦法，我做不到。」

這是明日菜在這趟旅程中，初次做出放棄的發言。

＊

心和男子持續交戰著。

然而——

他和對方有兩個關鍵性的差異。
不，或許該說只有一個。
畢竟，心只有十一歲。阿瑪樂村的男子經歷過的人生歲月，是他的三倍。
無論是體力或經驗，很明顯都是心居於劣勢。
男子沒有放過心的動作變得稍微遲緩的這個瞬間。
他橫掃過來的拳頭直擊心的臉頰。
心被打飛，原本握在手中的短刀跟著落地。
打滾了幾圈後，心像是一條破爛抹布般倒臥在地。
「停手吧，否則你會失去在雅戈泰的容身之處。」
以劍指著他的男子這麼說。
儘管如此，心還是站了起來。
「我的容身之處——」
然後揮拳。
「打從一開始就不存在！」
男子接下他的拳頭。

但沒有再次舉劍。

心以分毫之差避開男子回擊的拳頭後，接連揮出第二拳、第三拳、第四拳。男子一一將其擋開、閃避、接下。

＊

「我明白了。」

森崎對哭得抽抽噎噎的明日菜說道。

「我一個人去，把妳的歌薇絲借給我吧。取而代之的是，我要妳收下這個。」

森崎遞給她的——

是自己的手槍。

「妳沿著河川往回走，返回那位老人所在的村落。到了晚上，記得躲進水裡迴避夷族。」

最後，森崎說了一句話。

他覺得有必要讓明日菜了解的一句話。

「明日菜，我希望妳能活下去。」

「這種要求或許很任性，但可以的話，我希望妳能記住這件事。」

語畢，森崎露出微笑。

明日菜覺得這是自己第一次看見他如此溫柔的表情。

她得說點什麼。

儘管這麼想，明日菜卻擠不出半句話。

「啊……」

森崎沒有再開口。

他轉身背對明日菜，一語不發地往菲尼斯・特拉的大洞前進。

＊

臉頰著實挨了一拳後，沒能站穩的心被男子一腳踹飛，在地上滾了好幾圈。

這次，他真的沒有力氣再站起來了。就連男子將刀刃抵上自己的頸子，他也無力反抗。

——我可能會被殺掉。

心這麼想。

就在這時……

「——」

他聽見了歌薇絲的呼吸。

這一刻，心確實「感受到」歌薇絲的所在位置。

這是過去他一直未能克服、跨越的高牆。

現在，他卻輕而易舉地辦到了。

接著，男子們似乎也同樣察覺到歌薇絲的氣息。

「歌薇絲消失在菲尼斯·特拉的深處，已經追不上了，繼續戰鬥也沒有意義。」

說著，男子將長劍入鞘。

「反正，地表人不可能活著爬下那片斷崖。」

隨後，他背對心邁開腳步。

「小鬼。」

男子邊跨上馬背邊對他說：

「不願效忠雅戈泰也不屬於地表世界的你，想必永遠無法在世上找到安身之處吧。」

然後緩緩離去。

「是你選擇了必須終身浪跡天涯的人生。你就為此持續悔恨下去吧。」

男子們的身影逐漸消失。

又過了好一陣子後，心才終於勉強撐起身子。

他朝自己的愛馬走去。

「對不起喔，勉強你一路跑到這裡。你還站得起來嗎？」

聽到他這麼說，愛馬靜靜地站起來。

好啦。

「接下來，該往哪裡去呢——」

第十一話

天色逐漸轉暗。

明日菜將森崎留給她的手槍擱在腳邊，默默癱坐在原地。

被無力感徹底支配了身體的她，無法思考任何事。

周遭只聽得見颼颼的風聲，最後，天色終於完全暗下來。

明日菜並沒有忘記森崎的叮嚀。

雖然沒有忘記——

但直到這一刻，她才猛然回過神。

夷族開始在地表出沒。

明日菜尖叫，撿起手槍拔腿狂奔。

趁著天空還殘留著一抹餘暉的時候，她順利來到仍有光源照耀的區域。

明日菜爬下山脊，朝岩山山腳下的湖泊前進。

總之，得跑到有水的地方才行。
她專心致志地跑著。
抵達河畔時，差點被泥濘的地面絆一跤的她抬起頭——
望向自己的周遭，然後不自覺地全身發冷。
被夷族包圍了。
前後左右，到處都是滿滿的紅色眼睛。
於是，明日菜卯出全力，一股腦兒往河川上游衝刺。
往前，繼續往前。
成群的夷族也在河畔追著她奔跑。
往前，繼續往前。
在明日菜因為喘不過氣而停下腳步時，夷族們也跟著停下來。
目標是上游。
一直走、一直走、繼續走下去——
——明日菜。

瞬的嗓音在腦中復甦。

——給妳祝福。

那天晚上，明日菜詢問母親：

「媽，『祝福』是什麼意思？」

母親露出詫異的表情反問：

「祝福？」

明日菜刻意略過額頭那一吻。

「……有人對我說『給妳祝福』。」

「有人對妳這麼說？」

如果是明日菜的母親，或許會知道親吻額頭即是代表給予對方祝福的意思。因此，她可能已經看穿說這句話的人，曾在明日菜的額頭落下一吻的事實。

但明日菜本人完全沒想這麼多。

「……嗯。」

她點點頭。

聽到明日菜的回答，母親瞇起雙眼微笑。

「就是『妳能被生下來真是太好了』的意思。我也是這麼想的喲。」

無數的思緒在明日菜腦中復甦。

關於母親的回憶。

關於學校的回憶。

關於瞬的回憶。

關於森崎的回憶。

還有關於心的回憶。

「明日菜。」

明日菜覺得好像聽到了瞬的聲音。

「妳為什麼會來到雅戈泰？」

為什麼會來到雅戈泰？

面對這個自己從來沒好好思考過的問題，明日菜終於發現了答案。

「——什麼啊。」

她輕喃一聲，接著跪在地上。

答案非常、非常單純，單純到極點。

「只是……因為……我很寂寞嗎……」

只是因為這樣。

為此，明日菜才會來到雅戈泰——

這時，耳畔感受到詭異的呼吸聲，讓明日菜猛然回神。

是夷族。

「！」

太大意了。

或許是因為剛才埋首於思考的緣故。

或許是因為自己一心一意只顧著走路的緣故。

腳下所踩的地方已經沒有水了。

她不知不覺從河裡走出來。

明日菜終於發現這個事實。

「什麼時候……！」

夷族逼近了。

夷族逼近了。

數不盡的、無數的夷族。

「……唔！」

明日菜撿起地上的木棒，毆打附近的一頭夷族。

木棒應聲折斷。

夷族完全不把明日菜的攻擊當一回事，一把掐住她的頸子，將她整個人提起來。

不能呼吸了。

在愈來愈模糊的意識中，明日菜想起手中的槍。

她開了一槍。

第二槍、第三槍，然後又開了三槍。

儘管將彈匣裡的子彈全數擊發出去，卻一顆都沒有命中。

明日菜的手使不上力氣，槍枝滑落地面。

「汙……」

夷族以駭人的嗓音開口。

「……穢……」

說著，牠張開血盆大口，露出尖牙。

明日菜已做好死亡的覺悟。

第十二話

那時，對心來說，瞬就是「整個世界」。

「哥？我要進去囉。」

這對兄弟住在「老師」遺留的房子裡。在二樓的一角，有個被他們喚作「地表房間」的地方，是「老師」為了研究地表世界而準備的房間。

瞬很喜歡這個房間。沒有任務在身時，他幾乎都會待在這裡。

「噢，心，我正好想喝點東西呢。」

「……你能這麼說，我是很感激啦。」

心將自己泡好的茶遞給正在看書的瞬。

「看到你這樣吃藥，真的讓人很擔心。」

「啊啊，對不起喔，心。」

瞬的手邊放著一包裝著藥粉的小藥袋。

「嗳，心，聽說地表世界有能夠醫治疾病的藥物喔。」

「……醫治？」

「嗯。我現在吃的這種藥，在地表世界稱之為『對癥療法』，聽說多半是治標不治本。」

說著，瞬配著熱茶將藥粉吞下肚。

「——嗯，你泡的茶真的很好喝呢，心。」

「聽到配著藥粉喝下茶的人這麼說，總覺得開心不起來耶。」

不過，倒也不會感到不快。

正當心沉浸在有些窩心的感覺裡時——

「嗳，心。」

瞬開口。

「如果去地表世界，會不會找到能治好我的病的藥物呢？」

「這種事情！」

心不禁加強語氣。

「村裡的人不是說過了嗎？依你現在的身體狀況，如果跑到地表世界，恐怕撐不了幾天呢！哥，我拜託你——」

——剩下的這段時間，陪在我身邊吧。

這句永遠無法傳達出去的話語，就這樣深埋在心的胸中。

*

不知為何，心想起這件事。

他坐在愛馬的身旁，茫然地眺望天空。

然後想起方才阿瑪樂村的守衛說過的話。

——不願效忠雅戈泰也不屬於地表世界的你，想必永遠無法在世上找到安身之處吧。

這種東西，他早就已經失去了。

對心來說，瞬的身邊是他唯一的「安身之處」。

「……」

——是你選擇了必須終身浪跡天涯的人生。你就為此持續悔恨下去吧。

心靜靜閉上雙眼——

「！」

突然，他彈跳起身。

以前的自己所看不到的景象。

曾幾何時變得能看到的景象——沒錯，就像過去的瞬那樣。

即使被分隔在遙遠的兩地，現在的心，仍然能夠察覺到她的氣息。

「難道……」

心跳上自己的愛馬。

快跑。

他想著——

倘若現在的自己仍有安身之處。

那就是——

「明日菜～～～！」

明日菜見到了和過去某天相同的光景。

從半空中高高落下的心，一刀砍斷掐著她頸部的夷族手臂。
從夷族手中重獲自由的她跌在地上。
心一邊保護不停咳嗽的明日菜，一邊試著牽制周遭夷族的行動。不過——
他發現一件事。
「——天要亮了。」
心的發言就像某種暗號般。
東方的天空泛出魚肚白。
這樣的光芒會灼燒夷族的皮膚，所以牠們隨即匆忙躲進更深的地底。
最後，只剩下心和明日菜留在原地。
「明日菜，還好妳沒事。」
心朝癱坐在地上的明日菜伸出手。
明日菜拉著他的手起身。
「謝謝你救了我，心。」
她打從心底感到開心。
聽到他說「早知道就殺了妳」的時候，明日菜覺得相當難受。然而，現在的開心，足足有當時痛苦的兩倍。

不對，甚至是兩倍以上的程度。

「——至今，我都沒能好好跟你道謝呢。」

聽到明日菜這麼說，心移開雙眼，看起來似乎有點害臊。

「我可不是刻意趕過來救妳。只是比起思考，身體率先採取了行動而已。」

「……」

明日菜直直盯著心瞧。

「——妳、妳幹嘛啦？」

他有些慌張的反應，看起來莫名可愛。

「你眼睛的顏色，跟瞬有點不一樣呢。」

「嗯。而且哥哥的個子比我高一點，我們的髮色也不太一樣。」

聽著心說明，明日菜微笑以對。

「就是說啊。仔細一看，你根本是個小孩子嘛。」

「妳、妳不也是小孩子嗎！」

在心的發言之後，明日菜沉默了半晌。

「你果然是心，不是瞬。」
這句話聽起來不是在確認。
「妳又說這種——」
心沒能接著說完後半句話。
因為明日菜哭了出來。
她完全不打算伸手拭去臉上的淚水。
「……因為……因為……」
心回想起老人說過的話。
——每個生命都會像那樣，成為更巨大存在的一部分。
——盡情為牠哭一場吧。
「……」
盯著不停哭泣的明日菜片刻後——
「別哭了！」
心大喊。
接著，他雙腿一軟，跪坐在地。

斗大的淚珠從眼眶溢出。

「哥哥……」

之後，兩人就這樣放聲哭泣了好一陣子。

或許直到這一刻，心和明日菜才真正接受了瞬已經死去的事實。

*

森崎的雙腳接觸到水面。

他試著往下踩——腳下似乎不再是岩壁的觸感。

他上氣不接下氣地呢喃：

「終於……抵達了嗎……？」

這麼想的瞬間，森崎的身體一下子放鬆，整個人無力地癱倒在地上。

他順利抵達了這座斷崖的底部。這原本是一般人不可能辦到的事。所以，森崎幾乎已不剩半點力氣，任憑自己的臉泡在水裡——

然後起身。
「這是威達之水……感覺體力慢慢恢復了。」
他環顧周遭。
這裡四處都生長著巨大的水晶，感覺是個相當神祕的空間。
「克查爾特的墳場嗎……」
接著邁開步伐。
最後，森崎來到一顆飄浮在空中的黑色球體前方。
他想起借宿阿瑪樂村的老人家中時，在書庫讀過的文獻。
「這就是……生死之門。」
他伸手觸摸那顆黑色球體。
不，應該說是企圖這麼做。
下一刻，森崎的整隻手臂都被吸入黑色球體之中。
「……」
他沒有掙扎，就這樣讓整個身體融入球體內。
他看到了滿天星斗。

不可能在雅戈泰出現、滿布星星的天空。
無邊無際、以三百六十度延伸出去的草原。
森崎緩緩踏出腳步。
他走到一座石台旁，將歌薇絲的碎片放在上頭。
過了片刻，仍不見任何變化。
然而，又過不久……
歌薇絲突然發光。
接著，原本只是一部分碎片的它，恢復成一整塊水晶的模樣。
同時，空中出現一個影子──
「謝庫納．威瑪納！」
緩緩下降的同時，這艘飛船的外觀開始出現奇妙的變化。
若要形容的話，大概像一個以四肢爬行的巨人。
祂重重地降落在地面。
身上跟著浮現無數隻「眼睛」。
「這就是……雅戈泰的神……」

數不清的眼睛在森崎面前眨眼。
祂的「聲音」直接在森崎的心中響起。
森崎喃喃說道：
「要我……說出自己的願望——？」
森崎閉上眼睛，雙手緊緊握拳，又深深吐出一口氣。
這一刻終於到來了。
「十年間——」
無數的思緒在內心湧現。
「我從來沒有一刻忘記過，也曾試著跨越妳死去的事實。」
可是——森崎搖搖頭。
「沒辦法。沒有妳的世界，我找不到半點意義。」
接著，他開始祈求。
用力再用力地祈求。
「理紗！回到我的身邊吧！」
下一瞬間，歌薇絲綻放出極為刺眼的光芒。

同時，「神」前方的空間出現一道發光的次元裂縫。
幾根泛著紅光的條狀物從裂縫中探出，在森崎面前捲曲、纏繞在一起。
這些條狀物編織出類似人類的輪廓——
然後慢慢、慢慢變得完整。
最後，出現在森崎眼前的……
是令人好懷念、好懷念的……
理紗的身影。
「是……理紗……嗎？」
他試著伸手觸摸。
然而，那純粹是液體——威達之水所形成的人類樣貌。
「為什麼——」
森崎不解地低喃。
眼前的無數隻眼睛再次眨了眨眼，神的聲音也在他腦中響起。
「要我……交出……讓靈魂寄宿的容器——肉體？」
這一瞬間，森崎的內心冒出漆黑而瘋狂的想法。

＊

哭了好一陣子後，心和明日菜終於從原地起身。

正當他們面面相覷時——

聽到一陣莊嚴的鐘聲響起，兩人不禁抬頭望向天空。

然後看見飄浮在高空中的神之船。

「那是——」

「謝庫納．威瑪納！祂正在往生死之門前進！」

「所以，老師他……」

「那個亞魯茨捷利抵達生死之門了嗎！威瑪納可是會載著生命離開的飛船耶！」

載著生命離開？

這怎麼可能呢？

森崎說那是載著眾神的飛船。

可是——謝庫納．威瑪納正朝著森崎所在的菲尼斯．特拉緩緩降落。在兩人注視下，謝庫納．威瑪納就這樣消失在菲尼斯．特拉那個大洞的深處。

「菲尼斯．特拉……我還以為自己已經走到離那裡很遠的地方……原來一直在黑暗中原地打轉嗎……」

在明日菜這麼開口後——

心發現了另一件事。

「是克查爾特。」

一頭看起來像巨人、有著膚色外皮、全身看起來破破爛爛的克查爾特。

心認得祂，祂就是將咪咪化為自己一部分的那頭克查爾特。

「明日菜，這頭克查爾特是——」

話說到一半，心又覺得有些猶豫，最後改口表示：

「可能是為了迎接死亡而來到這裡。」

接著，克查爾特開始唱歌。

那是一首摻雜著悲傷和歡喜，非常優美、優美到彷彿不可能存在於世上的歌。

「在死前，克查爾特會像那樣，將所有的記憶以一首歌的形式留下來。這樣的歌，會再以不同的形式散播到各處，透過空氣的震動來讓其他生物繼承，也會在不知不覺中融入我們的身體。透過這樣的方式，這首歌的內容將永遠被保存在世界的某個角落。」

明日菜踏上旅途的契機，就是她當時聽到的那首「歌」——

歌。

「……我之前聽到的那首歌……」

或許……

明日菜想著。

那或許是瞬像這樣唱出來的歌吧。

「心，我得趕到老師那邊去。」

「可是，那座斷崖——」

「那頭克查爾特說願意帶我們下去！」

這樣的感覺很不可思議。

不過，明日菜覺得自己似乎聽得懂那頭克查爾特在說什麼。

心選擇相信她的話。

因為那是將咪咪吸收至體內的克查爾特。

待兩人在自己面前並排站好後，克查爾特便張嘴將他們一口吞下。

明日菜並不覺得可怕。

雖然這時她對「回歸子宮」這種欲望一無所知，但克查爾特的體內讓她有種被母親懷抱、舒適又安心的感覺。

將心和明日菜吞進肚裡後，克查爾特來到菲尼斯・特拉的外緣，慢動作往下跳。

克查爾特以頭下腳上的姿態，下墜了好長好長一段距離後，一頭栽進威達之水的瀑布裡。隨後，祂的身體在威達之水的瀑布裡融化開來。

手牽著手的明日菜和心，兩人一起被瀑布沖往下方。

＊

被沖到瀑布終點的水潭裡後，兩人穿越威達之水的水窪——亦即克查爾特的墳場，來到黑色球體前方。

心和明日菜。

兩人望向彼此，然後一同點頭。

——走吧。

他們朝黑色球體前進。

隨後，兩人和森崎同樣被吸入黑色球體內。

抵達了滿天星斗的草原。

「星空……」

明日菜開口。

「這就是……星星。」

心開口。

「是明日菜嗎？」

森崎開口，然後吐出像是帶著放棄念頭的一口氣。

在他前方，有一頭生著四隻腳和無數隻眼睛的某種生物。

「明日菜……我真不希望妳出現在這個地方。」

明日菜永遠不會忘記，這一刻，淚水從森崎的眼眶溢出。

天空中的次元裂縫散發出強烈的光芒。

這些光芒刺穿明日菜的身體。

她像個絲線被切斷的傀儡般倒地。

「明日菜！」
心趕到明日菜的身邊，將她攙扶起來。
「明日菜……！」
威達之水不斷從她體內湧出。
不管心怎麼試圖阻止，威達之水仍源源不絕地溢出，最後完全包覆住明日菜的身體。
「讓死者的靈魂進入明日菜的身體……！」
心感覺自己因滿腔怒火而渾身發燙。
「亞魯茨捷利！這就是你的選擇嗎！」
森崎沒有回答。
只是緩緩朝兩人走近。
「明日菜！不要敞開心房！妳會回不來的！」
威達之水開始發光。
「明日菜！明日菜～！」
在不停吶喊的心懷裡，明日菜緩緩起身。
她開口說道：

「好冷喲……」

說著，她以雙手環抱自己的身體。

接著——

「你在哪裡？」

她繼續說道。

「老公？」

森崎瞬間屏息。

「理紗！」

正當森崎想衝過去時，謝庫納．威瑪納的無數隻眼睛再次動了起來，一股力道讓他的頭猛地往後仰。

森崎的右眼被戳瞎，左眼也開始滲血。

音樂盒從他的掌心滑落地面，被他踉蹌的腳步踩個粉碎。

森崎抬頭望向身後的謝庫納．威瑪納。

「只有那名少女還不夠嗎……！」

這就是必須付出的代價。

聽到他的聲音，「明日菜」有所反應。

「老公……？」

「明日菜！」

她似乎聽不見心的聲音。

明日菜平靜地繼續開口。

不同於平常的她，那是個溫和穩重的嗓音。

「老公，你在那裡嗎？」

「明日菜，妳振作一點！」

明日菜沒有回應心的呼喚聲。

心讓她在地上躺下後，衝向森崎。

森崎則是慢慢走向明日菜——或說是理紗。

「亞魯茨捷利！快讓明日菜恢復原狀！」

語畢，心才察覺到異狀。

「你的眼睛——」

「太遲了，我已經付出代價。」

說完，森崎直接從心的身旁走過。

「理紗……我就在這裡喔。」

被染紅的模糊視野中。

出現了讓他好懷念、好懷念的理紗身影。

理紗伸出纖細的雙臂，輕觸森崎的臉頰。

「老公……？你怎麼了？好像變老了一點呢。」

森崎的眼淚不受控制地溢出。

他以自己粗糙的手包覆住妻子細瘦的手。

「對不起，理紗。」

在兩人身後的心低喃：

「這樣不行……明日菜……」

他環顧自己周遭。

然後發現——

有一塊歌薇絲散發出強烈的光芒。

「……是那個嗎！」

心衝上前。

用那把短刀——

哥哥的短刀——

朝歌薇絲猛砍。

刀刃輕而易舉被反彈回來，一股看不見的力量將心整個人震飛。

可是——

他仍再次朝歌薇絲揮下短刀。

以刀刃猛砍。

一直砍。

不停砍。

肉眼看不見的一道牆，將他的攻擊一一彈開。

可是，儘管如此……

「明日菜！明日菜！」

理紗不自覺地望向心所在的方向。

「老公……我都明白喲。不知為何，總覺得胸口……」

森崎扶著理紗的雙肩，對她露出溫柔的微笑。

「理紗，妳先待在這裡。」

接著，森崎轉身，同時從口袋裡掏出刀子。

「我馬上就回來。」

他朝心走去。

「明日菜！」

心用短刀刺向歌薇絲。

不停地刺。

最後，刀尖終於碎裂。

「明日菜！明日菜～！」

儘管如此，心仍不斷揮下這把哥哥留給自己的短刀。

這時，一把刀抵住他的脖子。

「住手吧，理紗並沒有錯。」

心氣喘吁吁地將森崎一把甩開。

「活著的人比較重要啊！」

他大喊，再次將短刀刺向歌薇絲。

緊接而來的是一道刺眼的光芒。

＊

這時，覺得好像有人在呼喚自己的明日菜轉頭。

在某個讓人平靜的房間裡，瞬隔著一張桌子坐在她對面，臉上帶著親切的笑容。

「心在呼喚我……」

明日菜喃喃自語的瞬間，咪咪輕快地跳上她的肩頭，繞著她的頸子轉了一圈，接著又跳到桌上，在瞬的面前乖巧坐下。

瞬溫柔地開口：

「——妳要走了嗎，明日菜？」

明日菜點點頭。

「——嗯，再見。」

＊

心揮下的短刀終於敲碎歌薇絲。

「！」

森崎像是觸電般轉頭望向理紗。

原本站著的理紗失去平衡。

「——理紗！」

森崎衝上前抱住站不穩的她。

「理紗！」

倒在森崎的腿上後，理紗伸出手輕觸他的臉頰。

「老公，對不起。」

——妳根本……

「我……沒能保護你……」

——不需要跟我道歉啊！

威達之水從理紗的身體湧出。

「理紗！妳別走！理紗！」

威達之水毫不留情地將理紗全身包覆住。

「我愛妳！我愛妳！我一直愛著妳啊！」

理紗露出有些傷腦筋的笑容。

最後……

「我很幸福喲。」

她留下這句話，閉上雙眼。

威達之水在下一瞬間迸散開來。

只剩下明日菜的身體。

癱坐在地上痛哭的森崎背後，謝庫納·威瑪納再次變回飛船的模樣。

心重重吐出一口氣。

森崎全身無力地跪坐在地，以手掀起自己的瀏海。

「……殺了我。」

他開口。

「拜託殺了我吧。」

嗓音帶著哭腔。

——但心搖了搖頭。

「我聽見哥哥的聲音。」

或許是因為這裡是「生死之門」內部的緣故。

「即使懷抱失去的痛苦，也要繼續活下去——他這麼對我說。」

不知不覺中，天空變成一片澄澈的藍。

謝庫納．威瑪納在雲朵之間愈飛愈遠。

「那是上天賜予人類的詛咒。」

森崎的眼淚落在明日菜臉上，讓她緩緩睜開眼睛。

「但一定……」

聽著心從後方傳來的聲音，明日菜靜靜伸出手擁住森崎。

「也是一種祝福。」

心看著兩人，這麼說道：

「明日菜……謝謝妳與我相遇。」

第十三話

三人回到「峽谷海」的岸邊。

在威達之水的湧泉旁，森崎、心和明日菜三人停下腳步面對面。

「亞魯茨捷利，你接下來打算怎麼做？」

聽到心這麼問，森崎平靜地搖搖頭。

「別再用那個稱呼叫我。我背叛了亞魯茨捷利，地表世界已經沒有我的容身之處。」

「老師，那你……」

森崎朝話說到一半的明日菜點頭。

「我要留在雅戈泰。我還沒有放棄。在這個世界的某個角落，或許還藏著能讓理紗復活的其他方法。我要為了找出這樣的方法繼續旅行。」

森崎語氣中的堅決，讓明日菜和心沒能再多說什麼。就算下一次仍得付出代價，森崎恐怕也會欣然接受吧——又或者，他這樣的作為其實是在挑戰心所說的「那是上天賜予人類的詛咒，但一定也是一種祝福」這句話。

「心，那你呢？」

明日菜轉頭詢問。

「我……」

心猶豫了半晌。

「我沒辦法再回去迦南村，因為我搞砸了和阿瑪樂村之間的關係。」

「那麼……」

明日菜接著開口——卻又將話吞回肚裡。

對雅戈泰人來說，地表世界的空氣是劇毒。

所以，她不能把心找來地表世界。

心點點頭。

「我想跟亞魯茨——森崎一起踏上旅程。現在，我還不知道讓死去的人復活，究竟是不是正確的做法，不過，我或許能在旅行途中找到答案。」

「……說得……也是。」

明日菜轉頭面對威達之水的湧泉。

「那麼——」

這一刻，無論說「再見」、「拜拜」或是「多保重」似乎都不太對。

「下次見……吧。」

聽到她這麼說，心露出微笑。

「有朝一日再見，明日菜。」

「——走吧。」

森崎出聲催促。

目送兩人離開後，明日菜也轉身跳進威達之水的湧泉——

回到地表世界。

＊

在那之後，過了約莫半年的時間。

＊

「明日菜～妳會趕不上畢業典禮喲～」

「好～」

今天是溝之淵小學舉辦畢業典禮的日子。

明日菜套上還不太習慣的國中西裝外套，跑向玄關。

「那我要出門了。」

「晚點見喲。」

以一聲「嗯」回應母親後，明日菜跑下被石牆圍繞的坡道

當初，那件事真的鬧得很大。

畢竟明日菜在雅戈泰待了超過一個月以上的時間，母親理所當然會向警方報案，警方也將她當成失蹤人口搜尋。或許該說是不幸，由於森崎也在同一時間下落不明，所以，小小的村子裡會出現「那兩人私奔了」的謠傳，恐怕是無法避免的結果。

母親沒有斥責回到家中的明日菜。

看到她邊叨念「太好了」邊不停哭泣的模樣，明日菜滿心愧疚。

警方盤問了明日菜很多關於森崎的問題，但她一律以「不知道」回應。就算坦白說出她和森崎之前去了哪裡，八成也沒有人會相信，所以明日菜選擇什麼都不說。

在那之後，明日菜不時會回想起雅戈泰的點點滴滴。

現在，她甚至覺得那說不定只是一場夢。

或許，那就是時間的洪流。

或是名為「成長」的體驗。

「啊，早安，明日菜。」

「早安，小優。」

明日菜以笑容向巧遇的優打招呼。接著，她若無其事地、像是在聊天氣般開口。

「終於要畢業了呢。」

「嗯……我總覺得自己會哭出來，真不安。」

「不要緊啦，我也會哭呀。」

語畢，兩人一起發出銀鈴般的笑聲。

蔚藍的天空、刺骨的冷風以及清新的空氣，送來初春的氣息。

自小學畢業後，就是國中生了。

對於即將邁入青春期的孩子們來說，這是相當重要的一個環節。

溝之淵中學雖然每個學年都只有三個班級，卻有很多位老師。不同於由單一老師教授所有科目的小學，不同科目分別有不同老師負責授課。必須學習的東西，想必會比過去更加困難。

這讓明日菜有點不安，同時有點期待。

明日菜和優走在櫻花紛落的人行道上，七嘴八舌地聊著不甚重要的瑣事。

這是她們最後一次走這條路去溝之淵小學。

對於這點，明日菜有著淡淡的感慨——話雖如此，在升上國中後，她同樣會走這條路去上學。

從熟悉的坡道往下走，經過幾乎全數拉下鐵捲門的商店街，來到那個平交道路口。

在那之後，火車的班次變多了一些。之前多半維持開放狀態的柵欄，到了早上這個時間經常是放下來的。原本是個「封閉小鎮」的溝之淵，或許正逐漸改變。如果火車的班次變多，就可以當成上下學或通勤的辦法之一。等到明日菜升上高中時，她說不定會到溝之淵以外的地方念書。

火車從眼前呼嘯而過。

明日菜不自覺地望向列車駛來的方向。

抬頭望去，小淵山就在遠方。

——對了，我已經好一陣子沒去那座高台呢。

明日菜這麼想著。

然後在下個瞬間屏息。

她發現高台上似乎有藍色光芒閃爍。

（……那該不會……）

該不會是——

明日菜想著，然後下定決心。

等今天的畢業典禮結束後，久違地去一趟小淵山的高台吧。

或許，會在那裡——

後記

大家好，我是あきさかあさひ（Akisaka Asahi）。

聽說有部很厲害的電影，從導演、腳本、作畫到演出，都是同一個人一手包辦的喔——這樣的《星之聲》相關評價，讓我首次對新海誠導演的名字有了印象。當時還只是個學生的我，為此感到驚嘆不已——這些，彷彿就像前一陣子才剛發生的事情而已。

接到「要不要嘗試將新海誠導演的作品改寫成小說」的洽談時，我連想都沒想地回覆：「我要！」可是，在掛上電話後，我不禁自問：「……我這種人真的有能力改寫嗎？這可是要將『那位』新海誠導演的作品寫成小說耶。」

之後，又經歷好一番波折，《追逐繁星的孩子》小說終於出版了。接下來，只要再有你讀過，這部作品就完成了。

接下來是慣例的致謝時間。

一開始，我滿腦子都想寫森崎的故事，還要求「希望能以森崎當主角的觀點來動筆」。替這樣的我踩下煞車（笑），讓我得以為本作主角明日菜注入新生命，都是責編O大人和T大人的功勞。

當然，還有對我說「請把它當成你自己的作品，自由發揮吧」的新海誠導演。聽說導演又要推出新作品，我真的滿心期待呢。

最後是各位讀者，也就是現在讀到這裡的你。

謝謝你，請容我給你祝福。

那麼，期待和各位再次相見的那一天到來。

二〇一二年八月吉日　あきさかあさひ　敬上

我們就像是，
被拆散在外太空與地球的戀人——

星之聲

新海誠／原作　大場惑／作者　黃涓芳／譯

寺尾昇和長峰美加子是很要好的國中同學，但在國中三年級夏天，美加子獲選為聯合國宇宙軍的成員，身處地球與外星球的兩人只能透過手機郵件聯繫。不過，隨著美加子離地球越來越遠，郵件傳遞所需的時間也越來越長……相距光年的超遠距離戀愛物語。

定價：NT$260/HK$78

輕文學
Light Literature

重新經歷那年夏天，
再次陷入一段愛戀——

煙花

岩井俊二 / 原作　大根仁 / 著　王靜怡 / 譯

舉辦煙火大會的夏日，典道和兒時玩伴們爭論：「高空煙火從側面看，是圓的還是扁的？」眾人相約登上燈塔確認答案，但當天傍晚典道暗戀已久的同班同學奈砂突然邀他私奔。可是，奈砂被母親帶回，私奔計畫失敗了。為了將奈砂搶回來，典道祈求那一天能重新來過，扔出在海邊撿到的神祕珠子……

定價：NT$280/HK$85

輕文學
Light Literature

不論何時，我們都不是孤軍奮戰。
——只要和你一起，我會變得強大。

怪物的孩子

細田守／著　邱鍾仁／譯

除了人類世界，這個世上還存在怪物的世界。
九歲時，孤苦無依的蓮誤闖怪物界的「澀天街」，成為熊徹的徒弟。雖然這對師徒老是起衝突，但隨著修練與冒險，他們逐漸萌生情誼，彷彿真正的父子。八年的時光流逝，十七歲的蓮回到人類世界的「澀谷」，開始對自己的立場產生迷惘……

定價：NT$260/HK$78

國家圖書館出版品預行編目資料

追逐繁星的孩子 / 新海誠原作；あきさかあさひ作；許婷婷譯. -- 初版. -- 臺北市：臺灣角川, 2017.11

面； 公分. --（角川輕.文學）

譯自：小説星を追う子ども

ISBN 978-957-8531-03-1（平裝）

861.57 106017137

輕文學 Light Literature

追逐繁星的孩子

原著名＊小說　星を追う子ども

原　　作＊新海誠
作　　者＊あきさかあさひ
譯　　者＊許婷婷

2017年11月29日　初版第1刷發行
2024年6月12日　初版第11刷發行

發 行 人＊台灣角川股份有限公司
總　　監＊呂慧君
總 編 輯＊蔡佩芬
主　　編＊李維莉
設計指導＊陳晞叡
美術設計＊吳佳昀
印　　務＊李明修（主任）、張加恩（主任）、張凱棋、潘尚琪

台灣角川

發 行 所＊台灣角川股份有限公司
地　　址＊104台北市中山區松江路223號3樓
電　　話＊（02）2515-3000
傳　　真＊（02）2515-0033
網　　址＊www.kadokawa.com.tw
劃撥帳戶＊台灣角川股份有限公司
劃撥帳號＊19487412
法律顧問＊有澤法律事務所
製　　版＊尚騰印刷事業有限公司
I S B N＊978-957-853-103-1